SHANGHAI LITERATURE & ART PUBLISHING GROUP

故事会
精品系列

海外故事

上 海 锦 绣 文 章 出 版 社
上海故事会文化传媒有限公司

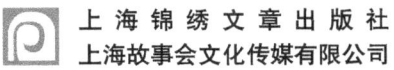

上海文艺出版（集团）有限公司

图书在版编目 (CIP) 数据

海外故事 《故事会》编辑部编 – 上海：上海锦绣文章出版社
（故事会精品系列） ISBN 978-7-5452-1075-0

Ⅰ．①海…Ⅱ．①故…Ⅲ．①故事 作品集 中国 当代 Ⅳ．I247.8

中国版本图书馆 CIP 数据核字 (2012) 第 051235 号

丛 书 名：故事会精品系列

书 名：海外故事

主 编：何承伟

编 委：何承伟 吴 伦 姚自豪 夏一鸣

责任编辑：刘迎曦 鲍 放

装帧设计：王 伟

责任督印：张 凯

出 版： 上海锦绣文章出版社

 上海故事会文化传媒有限公司

POD 海外发行： 中国图书进出口上海公司

 电话：021–36357888

 传真：021–36357896

 地址：上海市虹口区广中路 88 号

 邮编：200083

海外 POD 发行版本 **版权所有·不准翻印**

上海故事会文化传媒有限公司 出品（00246） www.storychina.cn

STORIES

目　　录

步 步 惊 心

声名与利益固然诱人,切不可贪而忘返;善良和同情固然可贵,切不可盲目轻信。否则,一不小心步入圈套和陷阱,那可就步步惊心,有苦说不出了。

第三百六十一行

在日本，三百六十行之外，曾经还有一个叫"垂青师"的行当。这个所谓垂青师，其实就是给那些需要帮助的男人介绍老婆或情人。梅崎太郎现在干的，就是这样的事。

这天，梅崎照例到银座酒吧去兜揽生意。在电梯间里，他遇到一个风度翩翩的老头，一看就知道是某家大公司的董事长或者总裁一类身份的人。梅崎心想：要是在这老头身上做成一笔生意，那肯定能拿好大一笔钱。于是，他便凑了上去。

"啊，您好！"梅崎笑着向老头打招呼，随后把自己的身份介绍了一下。

老头朝梅崎点点头，沉吟着说："我嘛，垂青师倒用不着，不过……我们可以谈谈。"

　　梅崎没想到自己今天的运气会这么好,高兴得简直要狂喊起来。

　　老头告诉梅崎,他叫箱田,有钱,但闲得无聊,所以总想找些刺激的事做,刚才听了梅崎的自我介绍,尤其是知道梅崎现在还是个单身之后,就突发灵感,想体验一下做垂青师的滋味,他想为梅崎玉成一段美满姻缘,而且保证分文不收。

　　梅崎对箱田的话将信将疑。平心而论,梅崎早就想娶个姑娘做老婆了,现在既然这么一个有身份的老头愿意帮他的忙,拒绝才是傻瓜呢!

　　可是,箱田的话能当真么? 梅崎心里有些七上八下。

　　箱田似乎看出了梅崎的心思,他呵呵一笑,告诉梅崎说,酒吧附近的帝国大厦里,有个航空公司常设的服务点,那里有一位非常可爱的服务小姐,叫羽二。箱田打算把这个羽二小姐介绍给梅崎,他和梅崎约定,明天晚上七点,他带梅崎去帝国大厦试试。临分手时,箱田上下打量了梅崎一眼,甩手给了他二万日元,让他去买一套像样的衣服。箱田说他不在乎钱,就是要让自己想做的事做成功。

　　第二天晚上准七点,梅崎穿着用箱田二万日元买的一身笔挺的西装,包装整齐地来到帝国大厦。此刻,箱田已经坐在大堂的皮沙发上等着他了。

　　箱田指点梅崎说:"从现在起,你就是我的常务秘书。去吧,你去向羽二小姐打听一下,下个月到印度的机票,什么时候开始预订。"

　　梅崎犹豫着朝那个服务点走去,只见羽二小姐正温文尔雅地在回答客人的咨询。羽二小姐看到梅崎,职业性地朝他莞尔一笑,梅崎顿时觉得浑身一热,于是便鼓起勇气,装模作样地上前,先自报家门,然后问预订机票的事。结果,因为他要打听的航班起飞时间还不确定,羽二小姐让他过后再来联系。

梅崎神魂颠倒地回到箱田那里,箱田问他:"感觉怎么样?"

梅崎激动得语无伦次:"好!很……很好,谢……太……太好了!"

"那就好!"箱田微笑着对梅崎说,"那咱们就继续吧!"

按照箱田的策划,三天以后,梅崎又穿戴整齐地来到帝国大厦。"啊,梅崎先生。"羽二小姐一看到梅崎,马上热情地招呼道,"我正等着您来呢!"

"啊,真是不好意思。"梅崎说,"实在对不起,小姐,我们的日程安排突然有了变化,旅程推迟了,所以……"

"没关系,"羽二小姐微笑着说,"欢迎以后再来光顾。而且……而且,"羽二小姐说道,脸突然红了,"谢谢您送来那么多番红花,这花……我从小就喜欢。"

"番红花?"梅崎一时有些糊涂,但他马上明白过来,这一定是箱田的安排。他一眼扫过去,发现柜台后面靠墙的长架上,果然一溜摆着三盆番红花。上次来是三天以前,真妙,每天送一盆花,亏箱田这老头想得出来,而且居然还打听到羽二小姐从小对番红花的喜爱。梅崎心里不由暗暗感慨,觉得自己作为一个职业垂青师,在箱田面前真有些自愧不如了。

看得出来,羽二小姐对梅崎很有好感,于是梅崎便趁热打铁约羽二小姐一起吃饭,尽兴游玩。以后又照着箱田说的,时不时地用各种办法与羽二小姐约会。

终于有一天,箱田对梅崎说:"你可以向羽二小姐求婚了。"

"求婚?真的?"

"对,求婚。只要她答应你,我这个垂青师就算成功了!"

"难道我真要有老婆了?"梅崎高兴得简直要疯了。

等不到第二天,当晚梅崎就去找羽二小姐。可出乎意料的是,羽二小姐竟当着梅崎的面哭了起来,梅崎好生安慰,羽二小姐才道出原委。原来,羽二小姐是平民家庭的孩子,尽管喜欢梅

崎,但她不相信梅崎这样一个大公司老板的常务秘书会真的娶
她。她曾遭遇过一次感情欺骗,怕自己再误入陷阱。

说实话,梅崎倒是正需要这样一位平民女子做妻子,想到自
己用如此手段来猎取羽二小姐的感情,他心里有点不安。不过
他想,这一切等以后正式结了婚,再好好向羽二小姐解释吧。

第二天一早,梅崎就去把自己昨晚向羽二小姐求婚的事告诉
箱田。箱田拍拍梅崎的肩,说:"想不到垂青师的工作这么有意
思! 这真要感谢你呀,你给我带来了生活的乐趣。这样吧,为了你
恋爱成功,也为了我做垂青师的成功,今晚七点,我们到银座餐厅
去庆贺一下,怎么样? 你带上羽二小姐,我们一起喝一杯。"

箱田把一切都安排得如此妥帖,梅崎还有什么好说的呢,他
心里充满了对箱田无限的感激。

当晚准七点,梅崎在银座餐厅门口等羽二小姐和箱田。可
奇怪的是,眼看约定时间已过,却不见羽二小姐的影子,也不见
箱田到来。

梅崎正着急,就见一个很风骚的女人走过来,一边上下打量
着梅崎,一边问他:"如果我没猜错的话,你就是梅崎先生吧?"

"你是……"

"啊,你不认识我了吗? 我是你的老相好呀!"女人一边说
话,一边向梅崎抛媚眼,随后又慢慢靠上来。

梅崎吓得本能地后退,可就在这时,女人突然向梅崎怀里扑
来,梅崎慌得一把将她扶住,谁知她却就势来吻梅崎的嘴。几乎
是与此同时,一辆黑色"皇冠"轿车"吱"一声开过来,正好停在他
们身边,一个声音朝他们怒喝道:"你们在干什么?"

梅崎拼命挣脱女人的纠缠,回头一看大吃一惊,原来是箱田
和羽二小姐从车上下来,羽二小姐的头上还缠着纱布。

梅崎急得脸都白了,辩解道:"不是,箱田先生……"

"不是什么? 什么不是? 总不见得你跟这女人是在演戏

吧?"箱田气得两只眼睛直瞪着梅崎。

羽二小姐惊呆了,"哇——"捂着脸扭头就走。

箱田愤愤地朝梅崎嚷道:"哼,你怎么这么不争气? 白白浪费我这么多天的功夫。"接下来,哪里还有什么"好好喝一杯"的事,箱田气哼哼地上车走了。

梅崎傻傻地站在那里,脑子里一片空白,最后连自己怎么回的家也糊里糊涂。

以后一连几天,梅崎天天到帝国大厦去找羽二小姐,想解释这件事,可羽二小姐的同事们说羽二小姐病了,这几天一直没来上过班。梅崎又给箱田打电话,箱田一听是梅崎的声音,"啪"就把电话给挂断了。

梅崎越想越觉得自己倒霉,这天晚饭后,他一个人郁郁寡欢地在街心公园溜达,突然,远远地看见箱田和羽二小姐坐在那里的一张铁靠椅上。他觉得很奇怪,就悄悄走过去,隐在一棵棕榈树后边,想听听他们在说些什么。

只听箱田问羽二小姐:"你的伤好点了吗?"

羽二小姐说:"好多了,箱田先生,幸亏那天碰上了您。"

"啊呀,客气什么哪! 还好,幸亏你只擦破点皮,否则,这么漂亮的脸蛋……唉,想不到梅崎这小子暗地里竟和女人乱搞,我已经把他开除了。"

箱田对羽二小姐说了好多安慰的话,羽二小姐只是默默地流泪。

箱田不觉叹了口气,看着羽二小姐说:"我的事情很多,这几天没有梅崎那小子帮忙,还真忙不过来。请问羽二小姐,你过去学的是什么专业?"

"文秘。"羽二小姐惊讶地抬起头来。

"你学的是文秘?"箱田就像是发现新大陆似的,惊喜万分道,"太好了,那我就请你来当我的助手!"

"什么?"羽二小姐几乎不相信自己的耳朵。要知道,能到大公司工作,是她多年来一直梦寐以求的啊!她惊讶地看着箱田,"你不会跟我开玩笑吧?"

"怎么可能呢?"箱田从铁靠椅上站起来,鼓励羽二小姐说,"打起精神,明天你就到我公司来上班吧!"

"真的? 箱田先生,谢谢您! 太谢谢您了!"羽二小姐站起来,深深地向箱田鞠了一躬,随后就跟着箱田走了。

躲在棕榈树后面的梅崎痛苦得直跺脚:这本该是自己一桩多么美好的姻缘啊,全让那个风骚女人给毁了。他正恨得咬牙切齿,突然,一只涂满指甲油的手搭在了他的肩上,他回头一看,正是那个风骚女人。

"你?"梅崎怒目圆睁。

风骚女人水蛇腰一扭,嗲声嗲气地对梅崎说:"啧啧啧,看你这龇牙咧嘴的样子,想要吃了我啊? 怎么样,如果你能给我同样的报酬,我不是不可以考虑帮你的忙。"

"同样的报酬? 你这是什么意思?"梅崎问。

"哈哈哈哈!"风骚女人一阵浪笑,"实话告诉你吧,箱田是在利用你呀! 你真以为你是谁?"

梅崎一听愣住了:"箱田不是让羽二小姐做他的秘书吗?"

"你是真不知道还是装傻?"女人嘴一撇,"做了董事长的秘书,董事长就有本事把她变成自己的女人。"

"那……你是什么人?"

"你问我是什么人? 告诉你吧,我就是那老家伙专门请来的帮手。嘿嘿,当然啰,如果你能给我更高的报酬,我一定会帮你把羽二从他手里夺回来。"

女人媚笑着,梅崎却傻了眼……

(孙鸿鹏 改编)

(题图:箭 中)

家花和野花

　　哈林开了一家公司,自任总经理。做了总经理的哈林自恃财大气粗,觉得没有什么事情是自己办不成的。结婚才一年,他就嫌结发妻子不够年轻漂亮,与她离了婚,接着又闪电般的与一个叫芬妮的年轻演员结了婚。

　　刚结婚时,哈林和芬妮还亲亲热热,谁知没过多久,芬妮突然像变了个人似的,对哈林不冷不热,甚至拒绝与他过夫妻生活。哈林怀疑芬妮有了外遇,因而气愤至极,他心想:你竟敢背叛我? 就凭我有那么多钱,什么样的女人弄不到手?

　　这天夜里,哈林来到自己以往经常光顾的一家酒吧,接待他的是一个新来的服务员,名叫索菲亚。索菲亚今年二十岁,是个性感十足的女郎,哈林这个情场老手凭着屡试不败的金钱外交,很快就与她打得火热。当得知索菲亚的丈夫正在服刑时,哈林不由大喜,从那以后,只要一有机会,他就去索菲亚家里鬼混。

一天夜里,哈林和索菲亚正在亲热,突然传来一阵猛烈的敲门声,一个吼声如雷的男人叫索菲亚赶快开门。

索菲亚一听,顿时脸就白了,惊慌地对哈林说:"天哪,他……他怎么回来了?难道他又从监狱里逃出来了?"

哈林一怔:"他是谁?"

索菲亚带着哭腔说:"还能有谁?他就是我的那个死鬼,是个疯子,如果他发现你在这里,肯定会杀了你。快,你快去衣帽间躲一躲。"说着,索菲亚就把哈林推进一旁的衣帽间,然后去替那个疯子开门。

不一会儿,一阵骂骂咧咧的声音由远而近传了过来,哈林贴在衣帽间的门上,透过一条细细的缝,看见一个脸上有条长刀疤的男人,揪着索菲亚的头发怒气冲冲地进来,嘴里骂骂咧咧地说,有人告诉他,索菲亚与别的男人有一腿。

而索菲亚则披头散发地跪在地上,说她以后再也不敢乱来了,求"刀疤脸"饶她一命。可刀疤脸却不肯罢休,越说火气越大,最后竟拔出枪来朝索菲亚"砰砰砰"连开三枪,只听索菲亚立刻惨叫一声,就倒在地上不动了。

哈林顿时吓得三魂掉了二魂,身子瑟瑟地直发抖,幸好刀疤脸随后就怒气冲冲地甩门而去,他才逃过一难。

等到一切恢复了平静,哈林才哆哆嗦嗦地从衣帽间里出来。看到倒在血泊中的索菲亚,他既不敢去救她,又不敢去报警,最后一个人失魂落魄地从索菲亚家里逃了出去。

夜半时分,当哈林坐出租车回到家中时,他老婆芬妮还没有入睡。芬妮一见哈林回来,就神色紧张地告诉他,有个刀疤脸来找过他,看样子来者不善,好像随时都会杀人似的。哈林一听,吓得倒在沙发上一句话也说不出来。他没料到刀疤脸这么快就找上门来,想了又想,觉得眼下只有三十六计走为上。

于是,哈林对芬妮说:"亲爱的,看来那个刀疤脸还会再上门来,我这两天还是出去避避风头的好。我离开的这段时间,公司里的一切就由你来帮我打理了。"说完,他匆匆拿了几件衣服,装进一个皮箱,然后就提着从后门溜了出去。

芬妮目送着哈林消失在黑暗之中,等确信他走远了,就赶紧打电话,激动地说:"亲爱的,他走了!临走前还说让我全权打理公司里的一切。也就是说,从现在起,我随时都有权将他的公司转让出去。宝贝儿,我等不及了,你赶紧过来吧!我现在就想和你一起分享我们的成功。"

果然,大约半小时后,有个人推门走了进来,此人竟就是索菲亚。

芬妮和索菲亚一见面又亲又吻,立刻拥抱在一起。

芬妮说:"宝贝儿,你干得真漂亮,哈林那家伙完全被你的演技给蒙了。"

"不不不,应该说是你导演得好。如果没有你提供的那些道具,还有那个临时来充当我丈夫的刀疤脸,那这出戏是无论如何也没法演得如此逼真的。"

芬妮若有所思地点头道:"是啊,我这辈子几乎没有演过一部像模像样的戏,但这一次是例外。可怜的哈林,他当初娶我,还以为我是真心爱他,可像我这样的人,怎么会爱上一个男人呢?"

索菲亚说:"是呀,我也一样。"

芬妮兴奋地说:"下一步,我会把这里所有值钱的东西都变卖掉,然后我们俩一起远走高飞,到一个允许同性恋结婚的地方去住下来。"

说到这儿,两个女人情不自禁地再次拥抱在一起……

(式　森)

(题图:箭　中)

搭车的姑娘

桑帕斯是一家公司的主管,这天早餐后,他照例下楼把车从车库里开出来,停在楼门口,等女儿玛丽上车,送她去学校。

可是玛丽却迟迟不出来,桑帕斯急得一次次地催,玛丽却探头说:"爸,你先走吧,我刚洗过头发,一时难干。你放心,我不是小孩,我会自己搭车去学校的。"

桑帕斯的妻子纳吉一听玛丽要自己搭车去学校,急了,朝桑帕斯嚷嚷道:"桑帕斯,你女儿去搭陌生人的车多不安全,你也不管管?"

可是玛丽却一把搂住纳吉说:"妈,你放心,都是报上登的那些事儿害你们得了搭车恐惧症。哎呀,你们也不想想,一个人在开车的时候,怎么可能同时又去强奸别人呢? 再说,我书包里有削笔的小刀,谁真想碰运气的话,我可不怕他!"

桑帕斯看玛丽说话时这副自信满满的样子,况且一时半会儿她也收拾不好,而自己上班时间眼看就要到了,于是只得开车先走。

桑帕斯的家离公司很远,车开过一半路的时候,桑帕斯突然发现有个姑娘站在路边向他招手,等车开近了,那姑娘"霍"地跳到路中央,向桑帕斯伸出大拇指,打了个要求搭车的手势。这一刹那,桑帕斯立刻想起了自己的女儿玛丽,他看着姑娘天真无邪的脸庞,还有那双充满了恳求之意的眼睛,便忍不住"吱——"一声把车停了下来。

姑娘笑着问桑帕斯:"大叔,您的车经过孟特路吗?"

桑帕斯点点头:"不错,请上车吧。"

姑娘一听连声道谢,随后就跳上车,往副驾驶位子上一坐。

桑帕斯转头看看姑娘,发现她完全是一身时尚打扮,牛仔裤,紧身圆领长袖运动衫,身上的曲线显露无遗,他心里不由感慨:如今这些女孩的衣着打扮,怎么一点不像她们传统的母亲啊?

桑帕斯正这么想着,搭车姑娘向他开口道:"大叔,您这车看上去真棒,为什么不打开音响听听立体声呢?"

桑帕斯一想也是,于是便把音响打开,车上的气氛立刻就变得欢快起来,姑娘孩子般的笑着,随着甲壳虫乐队的音乐节奏,她脚尖踩着点儿,手指捻着响儿,两只眼睛一闭,如痴如醉般尽情享受起这立体声给她带来的快乐。

桑帕斯不由问她:"你叫什么名字?"

姑娘说:"我叫范尼塞,大叔。"这姑娘一有机会就热情地称呼桑帕斯"大叔",还自我介绍说她是新入学的大学生,平时上学来得及的话就乘公车,实在晚了就只好像今天这样搭车了。

桑帕斯一听,不觉叹了口气,对姑娘说:"我女儿和你一样,是个天真无邪的孩子,所以,我们都不希望她半道上去搭陌生人的车。"

姑娘却根本不以为然:"搭车怎么啦? 大叔,给人搭车,不正好说明这人的慷慨吗? 这有什么不对?"

桑帕斯被姑娘这话噎住了,不知怎么回答她好,于是便有些尴尬。

姑娘倒不在乎,笑着把头转向桑帕斯,问他:"大叔,您钱包里有多少钱?"

桑帕斯愣住了:"你说什么来着?"

姑娘脸上的笑容更灿烂了:"大叔,告诉我,您钱包里有多少钱? 如果不介意的话,我摸一下,可以吗?"姑娘的话音里带着清脆的童声,就像是在向父母讨自己喜欢的玩具一样。

可桑帕斯却惊讶极了,他猛地刹住车,转过头来对姑娘说:"你这孩子真是莫名其妙,你给我马上下去!"

姑娘却显得很轻松:"大叔,您不要这么凶嘛,您把钱包给我不就得了?"

桑帕斯在心里提醒自己:我可不能被她这么粘着。他板起脸,朝姑娘一瞪眼睛,说:"我绝不会把钱包给你的,你再不下车,我就要把你推出去了!"

"那您试试看!"姑娘脸色突然变了,用嘲讽的口气说,"我如果在您脸上吻个印,再大声嚷嚷,然后用兜里的刀片划破衣服喊救命,哼,那么多车,人家听到了,一定会以为是您在车里欺负我,有您好戏看了!"

桑帕斯这才意识到自己今天碰上了一个看似年轻貌美却手段厉害的女骗子,真是气得要命,眼下的局面,他觉得自己有点难以驾驭。

姑娘这时指指车窗外,又对桑帕斯道:"大叔,您看,前前后后那么多车,我敢保证,里面肯定能有人认出您来,如果他们把您企图调戏一个比您女儿还小的姑娘这样的事张扬出去,那才叫有趣呢!"姑娘说到这里竟哈哈大笑起来,笑声里充斥着一股浪荡之气,和她的年龄太不相称了。

此刻,桑帕斯心里真是又气愤又惊慌,他恨声连连地瞪着姑娘说:"我要把你送到警察局去!"

姑娘却丝毫不惊慌:"那就请便吧!此时此地,您要想对着这么多人证明自己清白,简直是不可能的事,大叔!"

姑娘不叫"大叔"也罢了,这一口一个"大叔"地叫,桑帕斯真是气不打一处来,他怒喝一声,警告姑娘说:"听着,你再叫我一声大叔,我就敲掉你的门牙!"

姑娘轻佻地笑了:"亲爱的,您干吗生这么大的气呢?好像我要拿您多少钱似的,我不过是问您要点儿小钱,用来打发我周末的开销而已啊!"

桑帕斯拳头捏得"咯咯"响,他不知道自己究竟该如何来对付这个姑娘。

这时候,桑帕斯的车已经进入了市中心最繁华的路段,他确实很害怕姑娘这时候会大叫起来,所以心里拼命在想办法,要尽快摆脱姑娘的纠缠。

而姑娘也显然是意识到了这个路段的重要性,她用更急迫的语气威吓桑帕斯说:"怎么样,大叔,您是准备交出钱来,还是准备看着我把裤子的拉链拉开呢?"

姑娘这番话,把桑帕斯吓得那双握方向盘的手不住地颤抖,他心里懊悔极了:自己干吗要心肠这么好,让姑娘上车呢?

这时,姑娘的口气更严厉了:"大叔,我现在开始倒计数了,十,九,八,七……"

姑娘每倒计一个数,桑帕斯的心就"扑通"颤抖一下,在姑娘倒数到"二"的时候,桑帕斯实在摁不住了,只好把手往口袋里一伸,把钱包摸出来扔给了她。

　　姑娘立刻把钱包打开,一看,嚷嚷说:"啊,大叔,您既然带了信用卡,为什么还要带这么多现钞?"她的口气里带着明显的讥讽。

　　给了钱,还要被她这么嘲笑,桑帕斯真是怒不可遏,他朝姑娘大喝一声:"滚,你马上给我滚下去!"

　　那姑娘却极其老练,她用命令的口吻对桑帕斯说:"您老实给我往前开,我还不至于钱包在手上就被抓!"

　　在这个姑娘面前,社会阅历丰富、处世经验老到的桑帕斯,竟然成了一个低能儿,完全被姑娘玩弄于手掌之中。

　　紧接着,就见姑娘从桑帕斯的钱包里抽出几张钞票,说:"大叔,其实呀,我也不需要这么多钱,我只要二百卢比就够了,多一分都不要。"说完,她就"啪"把钱包又扔回给了桑帕斯。

　　随后,姑娘拉开自己牛仔裤的拉链,把二百卢比小心地塞到内裤里,再把拉链拉上,对桑帕斯说:"大叔,嘿嘿,您真是一个可爱的大叔。好了,您现在可以给我停车了! 再见吧,我亲爱的大叔! 谢谢您啊!"

　　姑娘一边说,一边把头凑上来,在桑帕斯的脸颊上吻了一下,然后就推开车门,从容地跳下车去,眨眼间就消失在了大街上茫茫的人流之中……

　　瞧着这姑娘远去的方向,桑帕斯真想马上向警察局报案,可一想到报案后就要为被姑娘拿走的这二百卢比经受警察无休止的问话,他又犹豫起来。况且,即使有女警官接手了这个案子,她也不可能在人群密集的大街上去一个个搜寻人家姑娘的内裤啊! 天知道这案子最后能不能破……

　　桑帕斯意识到,自己现在要做的,就是赶紧驱车去公司。

　　一走进公司办公室,桑帕斯立刻迫不及待地拨通了家里的电话:"纳吉,玛丽上学去了吗?"

　　"还没有……"

"你让她听电话!"

没一会儿,话筒里传来了玛丽的声音:"爸爸,我头发已经干了,我现在正准备去学校。"

可桑帕斯却对着话筒大吼:"玛丽,你给我听着! 从今天起,你无论如何都不能再搭陌生人的车去上学了! 你要敢再站在马路边上招手搭车,我就把你的手砍了。记住没有? 哼,就是不上学,也没什么大不了的!"

"爸爸,你怎么啦? 出什么事了?"

"别多问,就这样。你给我记住!"

桑帕斯吼完,"啪"把电话挂断了,而电话那一头,玛丽却还莫名其妙地愣在那里……

(作者:尤沙·苏布拉玛尼恩;**编译者**:丁 健)

(**题图**:箭 中)

最后一曲

　　雷诺经营着一家琴行，这天傍晚快要打烊的时候，一个落魄的中年男人走进大厅，将一把小提琴交到他手中。雷诺打量了一下这个男人，见他穿着一件黑色的旧风衣，满是皱纹的脸上没有一丝表情，神情显得非常冷漠。

　　中年男人把琴递给雷诺，小心翼翼地问："您看，它能值多少钱?"

　　雷诺接过琴仔细端详了一会儿，又敲打了一下琴箱，对中年男人说："唔，是把好琴，不过琴箱被虫蛀了一个小洞，虽然已经补上，但价值大打折扣。我……只能出五百元。"

　　"什么? 才五百元?"中年男人显得很失望，"这把琴跟了我二十多年，是大师的作品呢……"

雷诺可不想再听他说什么,把琴往他怀里一推,说:"我最多出五百五十元,卖不卖随您了。"说完,就转过身去整理起柜台来。

中年男人沉默着,最终从牙缝里挤出一句:"成交!"片刻之后,他从雷诺手里接过五百五十元,恋恋不舍地走出了琴行。

可谁知,才没一会儿,这中年男人又走进琴行来,用恳求的眼光看着雷诺,说:"老板,能……能让我再拉最后一曲吗?"

雷诺本不想答应,但看到中年男人那可怜兮兮的样子,不由点点头。中年男人于是便拿过那把琴,深深吸了口气,就开始拉了起来。

这是一首旋律优美的曲子,可中年男人拉得很一般,不客气地说,甚至有很明显的缺陷,雷诺边听边摇头,巴不得他早点拉完走人。可是一曲终了时,没想那中年男人竟流下泪来,他拿着琴弓的手滑了个九十度弧线,"啪"一声琴弓落了地。雷诺赶紧上去帮他拾,可让他大吃一惊的是,他拾起的不止是琴弓,还有那个中年男人的一只手,一只假手!

雷诺惊讶地叫出声来:"先生,您的手……"

此时,中年男人已泣不成声。

雷诺心里一颤,拍拍他的肩膀,轻声问道:"先生,您有什么需要帮助的吗?"

"不,谢谢。"中年男人止住哭,抬起头来说,"不过,如果您愿意的话,我会给您讲一个故事。"

雷诺不由对这个中年男人产生了兴趣,他请中年男人坐下,又给他冲了一杯咖啡,说:"好吧,就让我来听听您的故事吧!"

中年男人喝了一口咖啡,便开始讲起来:"很久以前,一所音乐学校里有一个优秀的男生,琴拉得很棒,周围的同学没有人能比得过他。这时候,学校里有个学作曲的女孩爱上了他,并为他作了一首美妙的曲子,就是您刚才听到的那首。"

雷诺被这个故事的开头吸引住了："啊！真是太浪漫了！"

中年男人却苦笑了一下，继续说："不过，那个男生却很狂妄自大，谁都瞧不起，连这个女孩对他的爱也不当一回事。毕业前夕，学校里组织了一场音乐大赛……"

其实，中年男人的故事这时候才真正开始："……大赛上，因为其他选手与这个男生的实力相差甚远，男生夺魁显然毫无悬念，于是男生便当众夸下海口，发誓说如果不能取胜，他就断了自己的右手，从此再不拉琴。结果到了比赛那天，这男生上台，不知为什么，他的演奏居然就失去了往日的水准，男生于是急躁起来，可越是急躁就越是不行，最后竟以倒数第一的成绩收场。神情恍惚的男生在回家路上发生了车祸，竟然真的断了右手，他刚刚起步的艺术生涯也就真的到此止步了。"

雷诺听到这里伤感不已，追着中年男人问："那后来呢？后来这男生怎么样了？故事就这么完了？"

中年男人摇摇头，说："您还记得您刚才在琴箱上看到的那个小洞吗？那不是被虫子蛀的，而是有人故意凿的。"

雷诺吃惊地看着中年男人。

中年男人朝雷诺点点头，说："那女孩得知男生出车祸的消息，立刻去医院探望。在医院里，她含泪说出了真相。原来那个洞竟是女孩故意做下的手脚，原本是想借机教训一下这个男生，让他改掉目中无人的恶习，可万万没有料到最后竟会是这样的结果。男生听完女孩的述说一言不发，只是解下手臂上的药布，女孩看到男生光秃秃的手臂，大哭着跑出病房，从此就再也没有回来。而这个男生出院以后也不能再登台演出，顿然失去了原来的傲气，直到这时他才忽然醒悟过来，知道女孩才是真正爱他的人，而他也需要女孩的爱。为了不让女孩负疚一辈子，他便带着琴去寻找她，每走到一个地方，他就会拉那首女孩当初为他作的曲子，希望女孩能听到，能回来见他。可是，这个男生用假手拉琴,他再也拉不出当年那美妙的旋律,女孩也一直没有再在男生面前出现过。直到现在,这个穷困潦倒的男生失去了信心,他终于不得不放弃了拉琴。"

故事讲完,中年男人长舒一口气,他喝光了杯子里的咖啡,然后将琴交还给雷诺,擦干泪水,准备离去。

雷诺试探着问:"这么说……您就是当年的那个男生?"

中年男人点点头。

雷诺说:"您等一下。"他走上去,把琴递给中年男人,对他说,"也许再坚持一下,您就能找到那个姑娘了。琴您拿走,钱不必退还。"

"这怎么可以? 我……"中年男人脸涨得通红。

雷诺拍拍他的肩膀,说:"就这样! 不要放弃,千万不要。"

中年男人感激地看了雷诺一眼,这才拿着琴走了。

过了几天,雷诺和妻子去朋友家吃饭,那朋友也是一家琴行的老板。饭桌上,那个朋友说他最近碰到一件事,一个断手男人来店里卖一把小提琴,六百元成交后,那男人却要求拉最后一曲,还讲了一个非常悲凉的故事。因为故事十分感人,他最终让断手男人带走了琴,也没有再要回钱来。

听完朋友的叙述,雷诺"腾"地站起了身:"老天! 是他,就是他……"

朋友问:"怎么? 你认识那个男人? 难道他的琴不值这个价?"

"不不不!"雷诺坐回到桌前,稳了稳自己的情绪,然后拿起酒杯说,"我想,好故事是值那个价的。就让我们为这个人的故事干一杯吧!"

说完,雷诺一口干掉了杯中的红酒……

（建　霖）

（题图:箭　中）

冰 美 人

　　安德鲁博士是阿尔卑斯山冰川学研究的权威人士,这天,他正在办公室里打电话,忽然有个二十多岁的姑娘找上门来。这姑娘长着一张天使般聪慧的脸,很讨人喜欢,她自我介绍说,她叫帕梅拉,是想来应聘做安德鲁秘书的。

　　安德鲁问她:"你了解我的职业吗?"

　　帕梅拉点点头,说:"我知道,您是冰川学专家。"

　　"那请你说说,为什么要做我的秘书?"

　　"是为了我的哥哥。"

　　"你哥哥?"安德鲁很吃惊。

　　"是的,"帕梅拉解释说,"我哥哥叫霍华德,我们兄妹俩每年都要到阿尔卑斯山去探险。可是四年前,我们在攀登一个叫梅格德雷那冰川的时候，我哥哥脚下的雪坡突然松动，发生了一场可怕的雪崩，他最终被狂卷而走。所以我心里一直有个愿望，就是要找到哥哥的遗体，一定要找到他。"

安德鲁一听帕梅拉这话，不由深深叹了口气，他非常同情姑娘，于是决定收下她。而且说实话，安德鲁隐约中有一种感觉，他觉得帕梅拉身上有冰川学的天分。

果不其然，帕梅拉在安德鲁身边做秘书的这一年多时间里，常常会说出与安德鲁以往对冰川学不一样的见解，这给了安德鲁很大的启发。

一天，帕梅拉突然对安德鲁说："博士，我哥哥不是被雪崩卷走的吗，我们是不是可以用您以往相关的计算方法，去找到他的遗体？如果找到了，这对您来说也将是一次巨大的成功，因为它可以再一次证明您以往冰川学的相关理论。"

安德鲁觉得帕梅拉这话有道理，立刻点头答应了。他先确定霍华德当年被雪崩卷走的位置，然后就开始计算起来。随着时间一天天过去，安德鲁最后终于确定了霍华德遗体可能出现的位置，是在一个塌陷的冰丘上。安德鲁认为，冰川在运动中很有可能将霍华德带到离冰面很近的地方。

接下来，安德鲁和帕梅拉两个人花费了许多天，不断地在冰面上寻找，果真发现了一具封冻在冰层中隐约可见的男尸，于是就开始挖掘。随着冰层渐渐被挖开，一个冻僵了的身子扭曲的年轻人果然出现在了他们面前。

年轻人身上覆盖着的碎冰片在阳光下闪闪发光，仿佛撒落的花瓣，帕梅拉失声惊叫起来："亲爱的，我终于找到你了！"

可是几乎就在同时，一阵类似雷声的轰鸣从山顶上传来。安德鲁抬头看了一眼，对帕梅拉说："快！别愣着，我们必须在天黑之前把你哥哥搬回去。我有预感，这儿马上就要发生雪崩。"

可是帕梅拉却不管什么雪崩不雪崩，她瞪着安德鲁，说："看到没有？博士，他脖子上挎着包，您帮忙把它拿下来，我要这个包，这里面有十分重要的东西。"

安德鲁见帕梅拉这么着急要拿包，猜想这里面一定有很重要的东西，于是就赶紧弯下腰去，把那个包从霍华德的脖子上拽下来。

安德鲁正要把包递给帕梅拉，不料帕梅拉却一把将它从安德鲁手里夺了过去，然后厉声喝道："不要动！"安德鲁抬眼一看，发现帕梅拉手里握着一把枪，黑黝黝的枪口正对准着他。

"帕梅拉，你……这……这是怎么回事？"

"呆着别动，博士，您的旅行结束了，今天晚上的雪崩会埋了这个坑，您就可以和霍华德做伴了。也许若干年之后有人又会在冰层里发现到您，不过那时谁还会知道今天发生过的事情呢？哈哈哈哈！"

安德鲁被帕梅拉这番话搞得丈二和尚摸不着头脑："帕梅拉——别开枪！我不明白，你究竟是怎么了？告诉我，为什么……"

谁知安德鲁这话还没说完，一阵巨大的轰鸣声就铺天盖地地响了起来，瞬息之间，安德鲁就被从山顶上下来的碎冰流冲得站不住脚了，只好紧紧地贴在坑边。一片混乱声中，他似乎听到帕梅拉尖利的求救声，可是又看不到她人影……

不知过了多少时候，周围的一切才渐渐安静下来，这时候，黑夜降临了……

醒来时，安德鲁发现自己躺在旅馆里，一位警官坐在床边，正等着他苏醒。

警官看到安德鲁醒了，立刻安慰他说："先生，您没事，只是身上擦破了点皮。"

安德鲁惊讶地问："警官先生，发生……发生什么事啦？"

警官告诉安德鲁："先生，您很幸运，几个导游从冰川上下来,正巧发现您遇到了麻烦。请问,您到那里去干什么?"

"到那里去? 去干什么?"安德鲁摸着后脑勺仔细一想,想起来了,于是就一边回忆,一边把这些天经历的点点滴滴告诉了警官。

警官听了点点头,对安德鲁说:"先生,其实你们在冰川中找到的那具尸体,并不是帕梅拉的哥哥,而是她的情人。四年前,就是这个女人,和她的情人一起去抢劫一位著名的英国影星,劫走了她身上价值连城的珠宝。得手之后,他们打算翻越阿尔卑斯山逃出国境,没想在路上遇上雪崩,帕梅拉跑得快,而她的情人因为身上背着包行动不便,跑慢一步,结果就葬身在了雪崩之中。"

安德鲁一听,这才恍然大悟:"她急着问我要包,原来是因为这个原因。"

警官点点头:"是的,先生。"

"那……她人呢? 她现在在哪儿?"

"她呀,现在已经连同她从你手里抢去的那个包,一起掉进大峡谷里去啦。当时发生雪崩的那一刻情况非常危急,救你的导游他们自己也险些遇难。当然啰,先生,看来这次您又得再好好计算一下,那个女人和她的那个宝贝包,现在到底在哪个位置,因为政府方面很想把那些被打劫数年的珠宝找回来。"

"啊,当然了,那是要找回来的,一定要找回来的!"安德鲁说这话的时候,两只眼睛不由透过窗户向外望去,只见山谷深处闪着黯淡的光,他不禁喃喃道:"一对情人,最终都被埋进了冰川,这真是一个爱情故事的冰冷结局啊!"

(作者:查尔斯·富兰克林;编译者:李　华)

(题图:箭　中)

魔卡的诱惑

　　约翰是一个小职员,他妻子凯莉是一家公司的秘书,夫妻俩表面上过着平静的日子,但约翰心里清楚,漂亮的凯莉是个心气很高的女人,并且打心底里瞧不起他,他们之间其实早就没了感情。

　　最近,凯莉和一个身价过亿的银行家布鲁特有染,所以当凯莉提出要和约翰离婚时,约翰就要布鲁特拿一千万美元来交换。

　　不过话说回来,约翰其实私下里也是一只"吃腥的猫"。约翰在外面有个情妇,叫露丝,两人是在夜总会认识的,只不过约翰做得比较隐蔽,所以没有被凯莉发现,若是被凯莉抓住把柄,那现在约翰提出的一千万美元交换就根本没了指望。

　　这天,凯莉刚出门,邮递员就送来一封信,信封上写着凯莉的名字。约翰小心翼翼地把信封拆开,里面除了信,还夹着一张磁卡。信上写道:我最心爱的,给你一张天堂卡,卡里有你用不完的钱,但使用期限只有一天。希望它能给你带去快乐,带去满足,请尽情地享用吧!落款是:布鲁特。

显而易见,这张天堂卡就是那个银行家布鲁特送给凯莉的礼物。

约翰不禁冷笑一声:"这对狗男女!哼,他们做梦也不会想到这张卡会落到我的手上。既然如此,我为什么不好好享用享用它呢?"他于是便吹着口哨走出家门,准备立刻去体验做富豪的感觉。

此时此刻,约翰没有忘记把情妇露丝也带上。他来到露丝那里,献宝似的拿出天堂卡,对露丝说:"宝贝,知道吗? 这张卡在一天的时间里有用不完的钱,是布鲁特那家伙送给凯莉的,哈哈,可现在它却落在我手里啦! 你说,我们该怎么享用它呢?"

露丝一听,立刻两眼放光:"啊! 亲爱的,我想要买的东西太多了,今天你可要满足我噢!"

约翰得意地咧嘴大笑:"没问题,我的宝贝,咱们快去买吧,把想要的东西全都买回来!"

于是,两人先去购房公司选了一套公寓房,又去汽车公司买了一辆奔驰轿车。事实证明,这张天堂卡真的可以很顺利地替他们付账,而且任凭约翰随意支取,连最基本的身份验证手续都不需要。

这下约翰和露丝兴奋极了,两人接着又来到珠宝店,尽情挑选各色昂贵珠宝,约翰把露丝打扮得浑身上下直泛珠光宝气,而露丝则一个劲地在约翰脸上狂吻。

不知不觉中,这一天很快就要过去了,约翰和露丝因为到处采购,此时已经觉得又困又乏。露丝朝约翰撒娇说:"亲爱的,咱们今天就不要回去了,咱们去住一次酒店的总统套房,怎么样?"

约翰想了想,说:"这没问题,我的小宝贝!不过,我得先跟凯莉打个招呼,别让她对我生疑,不然我提出交换条件的那一千万美元就拿不到了。"

事关一千万美元,露丝当然点头答应。

于是,约翰拨通了凯莉的电话:"是凯莉吗?我今天要加班,不能回去了。"

电话那头立刻传来凯莉不屑的声音:"无所谓,正好我今天也不回去。啊,对了,今天邮递员给我送来过什么东西没有?"

约翰故作惊讶道:"什么东西?邮递员今天根本就没来过啊!"

"噢,那就算了。"凯莉说完,就把电话挂了。

约翰很庆幸凯莉没有怀疑自己,接下来,他便和露丝到酒店里去订了最奢华的总统套房,还有浪漫的烛光晚餐,两人尽情享用着。

这一整天,约翰粗粗一算,他和露丝大概一共用去了二百万美元。想到二百万这个天价数字,他不禁咋舌,可再转而一想,又立刻释然:二百万算什么!对布鲁斯来说,这二百万只不过是九牛一毛罢了。

约翰和露丝在总统套房里缠绵了一夜。第二天中午,门铃响了,约翰以为来的是服务生,他睡眼惺忪地去开门,谁知站在门口的竟是妻子凯莉,旁边还站着一个男人,仔细一看,约翰认出他就是银行家布鲁特,顿时惊得说不出话来。

凯莉带着讥讽的眼光把约翰从头到脚扫了一遍,说:"怎么样,对一天的富豪生活挺满意吧?你昨天的一举一动,我们都用这张卡清清楚楚记下来了,我会因为你有了新欢而提出离婚的,这张卡上所记录的一切,也都会被当作证据在法庭上出示。至于你那一千万美元的交换条件,看来得请你自己收回去啦!很可惜啊,哈哈哈哈!"

约翰直到这时候才猛醒过来，发现自己中了凯莉的计谋。原来凯莉这么做，就是为了要抓住他的把柄啊！

这时候，又听布鲁特开口道："约翰先生，我还得告诉您一下，您昨天用这张卡不需要签名和身份验证，那是我特意安排的。因为这是凯莉用您的证件去注册的一张透支卡，所有这张卡进行的消费，最后都会以账单形式转到您的名下。也就是说，从您使用这张卡开始，就意味着您的债务也同时开始了。当然啰，这一切是有回报的，回报就是……您昨天已经享用过的一切……"

约翰听布鲁特说到这里，忍不住捶胸顿足地狂喊起来："二百万！二百万！难道我已经欠下二百万的债务了吗？"

（刘鹏程）

（题图：箭　中）

聪明的人

　　这天,安德生在离公司不远的一家小餐厅里用午餐,他的同事普菲尔正好也去那里,看到安德生后便端着托盘走过来和他打招呼,并且在他对面坐了下来。

　　安德生发现普菲尔的神情有点忧郁,就随口问了一句:"怎么,你好像不太高兴?"

　　普菲尔犹豫了一下,凑近安德生小声道:"朋友,我有麻烦了……公司里就数你聪明,你快帮我想个办法吧。今天上午,我听到老板布雷克在对会计师说,后天公司要查账。天哪,我该怎么办?"

　　安德生非常惊讶:"你怕查账,为什么?等等,难道你……"

　　此时,普菲尔的额头上已经渗出了细细的汗珠,他皱着眉头对安德生说:"上个星期,我从公司保险柜里弄了一笔钱,没想现在布雷克会突然查账。唉,这事儿如果被他发现,我就死定了。"

安德生一听原来是这么回事,便安慰说:"那你悄悄把钱放回去不就得了?"

"来不及了,"普菲尔的声音里明显带着哭腔,"我已经把那笔钱花得差不多了,更何况拿钱的时候因为心慌,我搞不清楚自己到底拿了多少,一万三还是一万五。唉,你有没有办法帮我逃过这一关?"

安德生注视着普菲尔,心底却涌起一阵快感。为啥?公司里最近正在考虑提拔一批员工,而普菲尔正是安德生升职的强劲对手,现在普菲尔出了这样的事,对安德生来说当然是个机会。

安德生想了想,便对普菲尔说:"听着,朋友!你知道,本州是以法律严明而闻名全国的,你假如真的因为这个原因被抓,那就全完了,所以你只能选择逃跑,离开这个地方,更何况你是单身,连房子也是租的,他们又不能把房子查封掉。"

普菲尔一听,立刻站起身来说:"谢谢你,安德生,这个主意倒不错!"他一边说,一边从口袋里摸出一盒上好的古巴雪茄,放到安德生面前,然后就匆匆走出了餐厅。

下午上班的时候,普菲尔办公桌前的座位已经空了,据说他请了事假。安德生在肚子里直笑:这家伙真的跑了!

当晚,安德生躺在床上一直在想普菲尔的事,而且心里还生着闷气。原来下班回家途中,安德生去加油站给车加油,一个打扮入时的女郎居然朝他撇嘴偷笑,安德生猜想人家准是在耻笑他开的那辆破车。妈的,要是我也能从哪儿弄点钱来,不就能把车给换了?

等等!安德生的脑子里这时候突然跳出普菲尔说过的话来:"拿钱的时候因为心慌,我搞不清楚自己到底拿了多少,一万三还是一万五。"嘿,这个傻子! 如果我现在再从保险柜里拿走二千元,到时候这笔账不也可以一起算到普菲尔头上? 哈哈哈哈!

于是,到了第二天下班的时候,安德生的腰包里就多了二千美元,他立刻去二手车交易市场,如愿以偿地买了一辆八成新的蓝鸟轿车,接着又驾车去俱乐部,吃可口佳肴,品香醇美酒,心里惬意极了。

第三天,安德生照例去公司上班,刚走进大门,老板布雷克的女秘书就让安德生赶紧去布雷克办公室。安德生到那里一看,眼睛瞪直了:办公室里除了布雷克,还有两个人,一个是普菲尔,另一个是警察。

安德生心想:是不是布雷克报警把普菲尔抓回来了? 可还没有开始查账呢;要不就是普菲尔主动回公司投案自首了,这个胆小的白痴!

这时,只见布雷克板着脸对安德生说:"你知道吗,公司里发生了一件不愉快的事。"

"真遗憾,"安德生同情地瞟了普菲尔一眼,又转过头去,故作不知地问,"布雷克先生,发生什么事了? 可以告诉我吗?"

布雷克冷冷地朝安德生"哼"了一声,并不吱声。

这时候,站在一旁的普菲尔开口了:"安德生,你应该清楚这件事,我认为你是能够处理好的……"说到这里,普菲尔竟掩面抽泣起来。

布雷克走上去,轻轻拍了拍普菲尔的肩,安慰他说:"别哭了,这件事你帮不了他。"

随即,布雷克又转过脸来,冷冷地对安德生说:"或许你是一时糊涂才干下了傻事,当然,如果你肯把钱如数交出来,我就不追究了。不过,我的公司是不能再留你了,这一点我想你能明白。"

安德生一听,立刻意识到一定是自己拿钱的事败露了,顿时只觉得嗓子发干,他张张嘴,却说不出一句话来。

"怎么,你打算什么时候还钱?"布雷克把一张单据递到安德生手里,"一万五千美元,我给你三天时间。"

安德生懵了:"什……什么?一万五千?布雷克先生,您弄错了,我只拿了二千,其余都是普菲尔拿的,我发誓。"

可是站在一边的警察直摇头:"安德生先生,昨晚普菲尔和他同事离开公司的时候,正好看见您从财务科慌慌张张出来,出于对公司负责,他向布雷克先生和会计师报告了这件事。后来经过查账核实,保险柜里果然少了一万五千美元,而且我们通过技术手段,确实在保险柜上发现了您的指纹。"

布雷克厌恶地瞪着安德生,说:"你太过分了,明明偷了钱,不但百般抵赖,还竟咬到普菲尔头上。哼,我真为我们公司里有你这样的人感到羞耻!"

而此时,普菲尔脸上的表情显得十分悲戚,眼圈也有点红,他抹抹眼角,似乎是要把渗出来的眼泪擦回去。只见他走到布雷克跟前,恳求说:"布雷克先生,请您给安德生一次机会吧,或许他真有说不出的难处才这么干的。"

直到这时,安德生才明白自己落入了普菲尔设下的圈套。

"你这个阴险的家伙!"安德生愤怒地朝普菲尔扑了上去,可是站在旁边的警察却眼疾手快地一把抓住他,把他的两只手铐了起来。

安德生朝警察大叫:"放开我,你这头蠢猪!"

他又转向普菲尔:"明明是你偷的钱,却要陷害我,哼,我要杀了你这个该死的!"他一边叫一边拼命挣扎,但很快就被警察押走了……

安德生说的这一切,谁会相信呢?

（作者:菲立普·夏普;改编者:龚　昊）

（题图:佐　夫）

情 理 之 间

岁月和苦难,都无法磨灭人们对爱与善良的向往和追求。纵然只有一点点,也可以成就地久天长。

外遇真情

　　杰克想找个情人浪漫一回。这天他下班回家,半路上见迎面走来一个女孩,大约二十二三岁的样子,高挑的身材,一头飘逸的金发,他心想:情人就该这样漂亮啊!

　　谁知那女孩竟像看透了杰克心思似的,走到他面前时停了下来,微笑着招呼说:"杰克老师,您好!"接着又自我介绍道,"我叫兰丝,是您忠实的读者,我能有幸跟您聊聊吗?"

　　杰克一听,心里非常兴奋。平时闲下来,杰克喜欢写写文章,作品也经常在报刊上发表,所以在当地颇有些名气。此时,杰克故作矜持地抬腕看了一下手表,然后才朝女孩点点头,说:"那好吧。"

　　随后,杰克就和这个叫兰丝的女孩走进路边一个咖啡屋里,两人一边喝着咖啡，一边就探讨起创作方面的问题来。兰丝说她非常热爱文学，一直很崇拜杰克，还能如数家珍地说出杰克近几年来发表的几乎每一篇作品。杰克简直有点受宠若惊，想不到这样一位绝色美女，竟然会是自己的铁杆读者。

兰丝说："如果杰克老师愿意的话，明天我把自己写的一些东西拿来，请老师修改，可以吗？"

杰克正巴不得兰丝这么做呢，当然点头了。

最后分手时，兰丝含情脉脉地看着杰克，说："杰克老师，非常有幸能认识您，您真是一个有才华有魅力的人，我……我能把您当作我的知己吗？"杰克来不及答话，心已经陶醉了。

就这样，杰克实实在在地拥有了一个理想中的情人，杰克觉得这种感觉真是太奇妙了，简直就像做梦一般。而且他和兰丝的关系发展得非常快，不过每次激情过后，杰克心里总是很不安，他觉得自己对不起自己的妻子。

一个星期后，兰丝要杰克陪她一起去西部名胜格拉巴斯旅游。杰克很兴奋，因为这说明兰丝对他的意思又进了一层，于是他立刻托辞向单位请了十天假，回家后又对妻子丹妮说，公司里要派他出差。

丹妮一边替杰克收拾行装，一边体贴地说："你平时很少出差的，我不在身边，你自己要多注意身体。"

望着丹妮关切的眼神，杰克心底里不禁涌起一阵对妻子无比的歉意。他躲着丹妮的眼光，不住地对自己说："就这一次，就这一次，十天以后我就回来，以后再也不去见兰丝了。"

就这样，杰克和兰丝第二天一起登上了飞往格拉巴斯的飞机。格拉巴斯州不仅有蔚蓝的大海，还有银色的沙滩和神秘的原始森林，每天，杰克和兰丝都卿卿我我地在这美丽的自然景色中流连忘返。

兰丝情不自禁地对杰克说："亲爱的，如果我们能一辈子生活在这里,那该有多好啊!"

她见杰克低头不语,便幽幽道:"亲爱的,我知道你想着她,虽然现在你人和我在一起,可你的心还是会选择她的,是不是?"

"对不起,亲爱的,"杰克说,"要知道,她……她是一个非常善良的女人。"

"那……如果是她先背叛了你呢?"兰丝脸上闪过一丝不快。

"那不可能!"杰克朝兰丝微微一笑,摇摇头说,"那是不可能的,不可能!"

"你……"兰丝听杰克这么说,脸上充满了嫉妒的神色,"不许你提她,我只要现在,现在是我们两个人的世界。"她一边说,一边就把头扎进了杰克的怀里。

浪漫的日子过得特别快,十天假期一晃就快过去了。这天,杰克和兰丝钻进格拉巴斯大森林,那里有许多参天古树,满地还盛开着各种叫不出名的野花,兰丝和杰克一路说着笑着,一路采着野花,开心极了。

回旅馆的路上,兰丝突然发现密密的灌木丛中开着一朵硕大的紫色花,隔老远就能闻到扑鼻的花香,她喜欢得不得了,杰克于是就去帮她采。谁知意外就在这时发生了,杰克的脚刚踏进灌木丛中,立刻感觉脚脖子被狠狠扎了一下,只见一条斑斓大蛇"呼"地从他脚旁蹿过,一眨眼就消失得无影无踪。

兰丝吓得一声尖叫,手里的野花撒了一地,她马上扶杰克坐下,解开脖子上的丝巾,把杰克小腿上部扎紧,以免毒血上涌。可几乎就在同时,兰丝发现杰克脚脖子的伤口处有个红点,伤口周围很快就开始肿胀泛青。"别动!"兰丝毫不犹豫地将自己的嘴凑了上去,使劲吮吸着伤口上的毒血。

杰克一看急了,一把将兰丝推开:"别这样,这会害了你自己。"

兰丝却朝杰克摇摇头,嘴里吐出一口黑色的毒血,说:"电影里都是这样的,把毒血吸掉,你就没事了。"说完,又俯下身去。

一直到从伤口里吸出来的血慢慢变成了鲜红色,兰丝才住口,可就在这时,兰丝自己却"扑通"一声倒在地上,嘴唇青紫,脸色灰白,头上冷汗直冒。

杰克大惊:"兰丝——"他一把抱起兰丝没命地跑,想快快跑出大森林,把兰丝送进医院。

可兰丝心里明白自己不行了,蛇体内的毒素这时候已经随着血液流遍了她的全身。她挣扎着睁开双眼,气息奄奄地对杰克说:"亲爱的,为你而死,我不后悔。只是……有件事,我……我想告诉你,也许说出来你会很伤心,可我……我还是想告诉你。"顿了顿,她继续道,"其实,亲爱的,从我们俩认识到现在,所有的一切,都是你妻子丹妮安排的。"

"你说什么?你……你什么都不要说了,我不想听,不想听!"

"亲爱的,你……你让我把话说完。是丹妮雇的我,让我来接近你,目的是设法让你在这段时间离开她,因为她……她的旧情人要在这段时间出差出来看她。"

喘了一会儿,兰丝接着道:"我其实是一家私家侦探社的雇员,本来只要完成你妻子交给的任务就行了,可……可是看到你身陷圈套却每天还要承受着对……对她的愧疚与自责,我心里真的很难过。你其实是一个多么好的男人,不应该……不应该被背叛的。亲爱的,你知道吗,这几天……这几天我有多么快乐,我……我多么希望,希望我们能有明……明……"

兰丝再也没有力气把话说完,她倒在了杰克的怀里;而杰克则泪流满面地抱起兰丝,发疯似的往山下冲去……

(聂志红)

(题图:箭　中)

一个老好人

这天一大早，警察局接到一个报案电话，说红鹦鹉街上有一家杂货店遭到抢劫。威尔警官闻讯，立刻带了两个警员赶过去。

此刻，杂货店门口已经围了一大群人，在七嘴八舌地说着什么，店堂里则一片狼藉，一个肥胖的中年女人倒在血泊里，她的丈夫是一个小老头，正满脸惊恐地坐在一边。

威尔警官俯身去看老板娘，发现她心脏中弹，已经死了，于是便冲小老头亮出警官证，问他："能说一下案发经过吗？"

小老头瞪眼看着威尔警官，好一会才回过神来，回忆说："今天早上小店刚开门，突然冲进来一个拿枪的凶犯，逼着我把收银柜里的钱给他。后来，当他拿了钱要离开的时候，我妻子正好从外面进来，他抬手就朝我妻子开了一枪，然后就逃走了。"

威尔警官问小老头："当时除了你,还有谁看到这个歹徒行凶? 旁边有其他人吗?"

小老头摇摇头："那时候天刚亮,街上一个人都没有。"

威尔警官看着小老头,继续追问："你能具体说说那凶犯长什么样吗?"

小老头想了想,肯定地说："他四十来岁,瘦高个,身高大约有六英尺;左眼角有一道又细又白的疤痕,一直伸到左耳垂;脸颊这里有颗大大的痣,上面还长着毛。"他指指自己的右脸颊,补充说,"皮肤黑黑的,像吉卜赛人;头发也是黑的,而且油光光的;对了,鼻子很大……总而言之,不管在哪里,只要再见到,我就能认出他来。"

威尔警官一边注意地听着,一边频频点头,说:"很好,你观察得很仔细。那么,他穿什么衣服,你还记得吗?"

小老头不假思索地说:"当然记得,茶色长裤,茶色皮夹克,戴一顶茶色毡帽。哦,他拿枪的那只手,手背上好像还文了一条蓝色的蛇,上面盘绕着一颗红心。"

"太好了!"威尔警官对小老头说,"这对我们抓住凶犯很有帮助,我们可以依据你刚才说的,把凶犯的像画出来,然后通缉他。"

小老头听威尔警官这么说,脸上这才露出些许安慰的神色。

接下来,威尔警官便让两个警员在杂货店里仔细搜寻,他自己去隔壁当铺,打听案发时的情况。当铺老板告诉威尔警官,那时候天刚亮,他听见一声响,但声音很轻,所以就没往心里去。

威尔警官问当铺老板:"你和隔壁杂货店老板他们熟吗?"

当铺老板说:"我们是多年的老邻居了。不过说老实话,我不喜欢那个老板娘,她是我们这儿出了名的厉害角色,她丈夫倒是个老好人,心地善良,为人正派,平时总是被她欺负,有时候老板娘还要打他。"

"哦……"威尔警官沉吟道,"他们有孩子吗?"

"没有。"当铺老板说,"就因为这样,所以几年前他们收养了一个女孩。老板娘开始很喜欢,但后来发现女孩有先天性智力障碍,就开始虐待她,不但经常饿她肚子,还动不动就打,为这,老板常和他妻子吵架。可吵也没用,我看老板娘对小女孩是越发地变本加厉了。"

威尔警官接着又一连访问了与杂货店相邻的另外几家店铺,他们所说的和当铺老板差不多,都说杂货店老板是个善良温和的老头,而老板娘则是一个不折不扣的泼妇,几乎所有的人都讨厌她。

回警局后,威尔警官让下属根据小老头的描述画出了凶犯的图像,连夜张贴出去。可一连过去了三天,却没有任何动静。就在众人纷纷猜测侦破怎么继续进行的时候,杂货店老板却出乎意料地被警察带走了。

邻居们都很吃惊,因为他们不相信小老头会是杀害他妻子的凶手。在警察局,小老头也坚决否认自己杀害了妻子。

威尔警官对小老头说:"我本来也没有怀疑你,可是你把凶手的样子描述得太具体了,这不符合常情,因为一般人在这种情况下早就吓坏了。我们的凶犯图像贴出去以后,一点动静都没有,为什么?就因为根本就没有这样一个人。"

果然,威尔警官这番话刚出口,小老头的眼神里就闪过一丝惊慌。

威尔警官让小老头把凶犯的长相和衣着再重复描述一遍,他心想:只要这家伙说得前后不一致,就能证明那是他编出来的,他说了假话。可小老头仿佛早就知道威尔警官会来这一手,竟然把凶手的特征背得滚瓜烂熟,一字不差地复述了一遍又一遍,无论威尔警官怎么问,也捉不到丝毫破绽。没有证据就不能定罪，威尔警官最后实在无计可施，只好放了小老头。

第二天一大早，威尔警官打电话给小老头，很不情愿地说："对不起，我们确实搞错了，昨天晚上，我们已经抓到杀害你妻子的凶犯了。"

小老头显得很吃惊："真的？你们真抓到杀害我妻子的凶手了？"

威尔警官说："是的，虽然凶犯自己还没有承认，但我能肯定就是他。不过，为了谨慎起见，我想还是请你再到警察局来一趟，帮助我们确认一下。"

小老头自然连声答应，很快就去了警察局。

威尔警官把小老头带到一个房间，隔着大玻璃窗，小老头看到里面有五个男人站成一排，全部穿着茶色的长裤和茶色的皮夹克。第一个人有着一头油渍渍的黑发，黑皮肤，鹰钩鼻子，从嘴角到左耳有一道细细的白疤，右脸颊有一颗带毛的痣。他站在那里，双手下垂，左手背上纹有图案，是一条蓝色的蛇，盘绕着一颗红心。

小老头瞪大了眼睛，好像不相信似的死死盯着这个人。威尔警官通过麦克风向这个男人提了几个问题，诸如他的职业以及他的家庭，男人回答说，他是一个建筑公司的工人，家里有五个孩子，最大的十三岁，最小的才两岁。

威尔警官回过头来问小老头："你看清楚了，他就是那个凶犯吗？"

小老头犹豫了很久，舔了舔嘴唇，摇头说："不，不是他，他确实和我描述的人长得很像，可不是他。"

威尔警官冷冷地说："你的邻居都说你是个好心肠的人，不过这事儿你可不能心软，他和你描述的那个人一模一样，尤其是手背上，也纹着一条蓝色的蛇，也盘绕着一颗红心，天下恐怕没有这么巧的事吧？"

此刻,小老头的额头上冒出了一颗颗豆大的汗珠,他愣愣地站在那里,半天没说话。

威尔警官又对小老头说:"你别因为他有五个孩子就同情他,他是个墨西哥移民,没有文化,连律师也请不起,只要你指认他是凶犯,我们就能让他招供,把他送上电椅,你放心好了。"他一边说,一边死死地盯着小老头。

小老头的额头上布满了汗珠,脸白得像一张纸,最后终于站不住了,跌坐在椅子上,抱头大叫起来:"不!警官先生,他是个无辜的人!是我,是我杀死了我的妻子……"

小老头痛苦地向威尔警官交代了自己的作案经过。原来,他是因为不愿意看到养女继续受妻子虐待,才制造了这样一起抢劫案,把妻子杀死。他本以为编造一个无中生有的抢劫犯,警察永远也破不了案子,谁知天下竟真有一个长相如此酷似的人。唉,如果此刻他再不自首,这个可怜的建筑工就会被冤枉……

案情终于真相大白,小老头被带走了。

威尔警官坐在屋子里,默默地回想着整个案情。这时有人推门进来,正是刚才那个要小老头指认的建筑工人,他一边用毛巾在手背上擦着所谓的文身,一边笑着问威尔警官:"他招认了吗?你怎么看起来闷闷不乐的?"

原来,这出戏是威尔警官忙了一整夜导演出来的,这个建筑工人是他找同事假扮的。

威尔警官苦笑着,对同事说:"是的,他招认了,可是我心里却一点也不轻松。我们以前总是利用人们的贪婪、恐惧、报复等心理来抓住罪犯,可这一次,却是利用了别人的善良和同情心……他……他真是一个老好人啊……"

说到这里,威尔警官长长地叹了一声。

（陈　波）

（题图：箭　中）

顾　客

　　詹森在一家公路边上的快餐店里当服务生,不知从什么时候起,他注意上了一个天天到店里来用餐的顾客,她也是詹森见过的最漂亮的女孩。

　　于是,每天只要那个女孩来,詹森就会抢上去帮她点餐,借机和她说上几句话,如果女孩对他的热情服务报以一个微笑,詹森就能兴奋上好久,这一整天干活都觉得特别有劲。

　　随着时间的推移,詹森越来越喜欢这个女孩了,他下定决心,一定要在自己二十一岁生日时告诉女孩,自己有多么喜欢她。主意打定,詹森就掰着指头等待自己二十一岁生日这一天的到来,还在家里反反复复地把要对女孩说的话练习了好多遍。

　　可谁知,真正到了二十一岁生日这天,詹森一大早睁开眼睛,却发觉自己头痛得要裂开来,额头滚烫滚烫的,嗓子里像是在冒烟,发不出一点声音。他挣扎着想从床上爬起来,可试了几次都不行,他不由着了急:不行,我必须去上班,要不今天就见不到那女孩了。

一想到那个女孩,詹森浑身就来了力气,他一下从床上跳起来,踉跄着走进洗手间,认真地洗脸,把头发梳整齐,然后赶紧换衣服。一看表,九点三十分,"糟糕!"詹森惊叫一声,因为那女孩每天都是这个时候到店里来的。

詹森于是连早饭也不吃了,飞快地跳上摩托车就往公路上开。此刻他虽然头有点晕,可为了早点见到女孩,便什么也不顾了,把摩托车开得飞快。

詹森全部心思都在女孩身上,所以前方有人横穿公路他也没有注意,一直到车开到那人跟前时才突然发现,于是詹森本能地猛踩刹车,可是已经来不及了,只听"哐"一声,他和那个横穿公路的人一起被抛向半空。

在离开摩托车很远的地方,詹森被从半空中重重地抛了下来。此刻,詹森的神智还算清醒,通过眼角的余光,他看到被他撞上的那个人有一头长长的头发,脚上穿着高跟鞋……刹那间,詹森愣住了:这不正是自己朝思暮想的那个女孩吗?

"该死!我真该死!"詹森在心里狠狠地骂自己,他躺在地上,只觉得自己的身体在飘啊飘,好像直往天上飘去……

过路人看到这一幕很快就聚拢过来,并且拨通了急救中心的电话。

在把那个女孩抬上救护车的时候,有人眼尖,发现她手里紧紧握着一张卡片,上面用清秀的笔迹写着:二十一岁生日快乐,小伙子!

(高振桥　编译)

(题图:安玉民)

险象环生

　　在非洲博茨瓦纳北部，分布着许多部落，由于那里偏远落后，部落里没有医生和医院。于是，博茨瓦纳镇医院里，一个名叫姜然的中国年轻医生就经常不顾路途遥远，来部落里给大家看病。

　　姜然当初是以志愿者身份来非洲的，他的助手是一位长得非常漂亮的非洲姑娘，名叫芭芭拉。芭芭拉是一名护士，时间一长，便和姜然相爱上了。

　　这天傍晚，姜然和芭芭拉给部落里的人看完病，就开着一辆黑色的吉普车回博茨瓦纳去。从部落到博茨瓦纳镇，有将近三四百英里的路程，中间还要穿过沙漠和草原，姜然和芭芭拉平时在这条路上来来回回多次，对沿路的一切已经非常熟悉了，可这天吉普车刚进入沙漠,前方突然出现了一片汪洋大海,海上还有船舶和岛屿。姜然意识到一定是碰上沙漠里特有的海市蜃楼景观了,所以心里非常激动,情不自禁地就把吉普车向沙漠深处开了过去。

开着开着,突然,吉普车前方出现了一座高高的沙堆,兴奋中的姜然忍不住立即将车停下来,手舞足蹈地跳下车就向沙堆跑去。可谁知跑着跑着,他突然惊叫了一声,原来是陷进一片咖啡色的泥沼里。那泥沼正在"扑秃扑秃"地冒泡泡,很快就没过姜然的膝盖,并且泥沼上面还罩了一层淡紫色的雾气。

姜然顿时惊慌不已,身子拼命往外挣扎,可他越挣扎反而越往下陷,没一会儿,那泥沼就没到了他的腰部。

这时,芭芭拉距离姜然大约有二十公尺远,她被眼前的这一幕吓得目瞪口呆,怎么也没想到沙漠中会藏着这么一个吃人的泥沼。眼看自己的心上人就要被淹没在泥沼里,芭芭拉真是心急如焚,她赶紧在吉普车里搜寻可以拉姜然出来的东西,可除了几瓶麻醉剂和一些医疗器具,什么也没有。芭芭拉又在地上四处搜寻,希望能捡到绳子之类的东西,可也一无所获。

反倒是姜然显得镇定,他大声安慰芭芭拉不要着急,让她快去镇上找人帮忙。芭芭拉没想到心爱的人在如此险境下还能这么镇定地安慰自己,不觉流下了感动的泪水。可是她心里还是着急啊:在沙漠里,只要太阳一落下,气温就下降得很快,如果等她去镇上找人再来,姜然恐怕早就冻死了。

而这时,太阳实际上已经下山了,芭芭拉已经感觉到了阵阵寒意。怎么办呢?

就在芭芭拉急得不知如何是好时,她突然发现远处有车灯在闪烁,灵机一动赶紧奔回吉普车上去按喇叭,终于远处那辆车闻声开了过来。

开来的也是一辆吉普车,从车上下来一个小伙子,芭芭拉一看,认识的,是酋长的儿子,叫塞莱斯。塞莱斯这人平时游手好闲,而且他早就看上了芭芭拉,曾多次向芭芭拉求过婚,都被芭芭拉婉言拒绝了。后来,塞莱斯得知芭芭拉爱上了中国医生姜然,便对姜然充满了敌意。可是现在,为了姜然,芭芭拉不得不硬着头皮向塞莱斯求救。

可是塞莱斯却朝芭芭拉两手一摊,说他车上没有绳子之类的工具可以救姜然。塞莱斯见芭芭拉怀疑地盯着他,便打开车门让芭芭拉自己看。芭芭拉一看,果真没有,顿时失望到了极点,忍不住伤心地哭了起来。

"你别哭嘛,其实,没有绳子我也有办法救他。"塞莱斯诡秘地对芭芭拉说,"不过,你得答应我,你离开他,嫁给我!"

芭芭拉气得脸涨得通红,对塞莱斯说:"可是,我并不爱你,你何必要强求呢?"

"芭芭拉,我真的很爱你!要不,你……你和我好一回……"塞莱斯的眼神闪烁不定,他不住地上下打量着芭芭拉。

芭芭拉没想到塞莱斯竟会在这种时候提出这样的要求,立刻气呼呼回道:"你别痴心妄想了!"说完,转身就走。

没想到塞莱斯竟冲上去,从后面抱住了芭芭拉,芭芭拉又惊又恼,大叫起来。

正在泥沼里越陷越深的姜然看到这个情景,气得大骂:"塞莱斯,你这个混蛋,快放开她!"

可塞莱斯根本不理会,他硬把芭芭拉扭过身,把自己的嘴巴凑了上去。芭芭拉哪里肯就服?她趁塞莱斯不防,抬起膝盖,用尽全身的力气往他的裆部撞去。只见塞莱斯立刻痛得嚎叫着蹲下身去,芭芭拉趁机赶紧跳上吉普车,开了就跑。

好一会儿,塞莱斯才从地上爬起来,他又恼又恨,钻进他自己车里,开起就追。此时,芭芭拉为了甩掉塞莱斯,已经将车灯关了,加大油门,一个急转弯绕过沙堆往回开,开到一个大沙堆后面,她悄悄将车停下来,并且熄了火。

塞莱斯追上去,没见芭芭拉的踪影,在那里打了好一阵转,然后又继续往前追,芭芭拉这才长长地舒了一口气。

这时,芭芭拉突然想起了塞莱斯刚才说过的一句话:"没有绳子我也有办法救他。"塞莱斯说的会是什么办法呢? 芭芭拉绞尽脑汁拼命想,突然心头一动,赶紧开车继续往回开。

一路上,芭芭拉把车灯打开,借着灯光终于找到了那片泥沼,只见姜然此时已经冻得脸色发紫,快撑不住了。芭芭拉赶紧将车停下,推开车门,一步从车上跳下,也顾不上害羞了,朝姜然大声喊:"你一定要坚持住!"随后就三下两下脱下自己身上的长裙,用尖刀把它割成一条条带子,打结后绑在车上;一试,不够长,于是又脱内衣,又割成带子,又接上;还是不够长,最后她索性把自己也"接"了上去,使劲儿伸开两只手,一手拉住带子,一手慢慢地向陷在泥沼里的姜然伸过手去……

上帝保佑,他们两个人的手终于拉在了一起,姜然硬是被芭芭拉拉出了泥沼,两个人紧紧相拥,眼泪夺眶而出。突然,芭芭拉发现姜然的大腿被划了一道大口子,正在不停地流血,便赶紧拉他上车包扎。然后,芭芭拉非要姜然坐在副驾驶位上休息不可,她自己开车,直奔镇医院。

几个小时之后,吉普车终于开出沙漠,进入荒原,这时天已经蒙蒙亮了。

猛地,芭芭拉发现前面不远处停了一辆吉普车,车里有人在不停地按喇叭喊"救命",芭芭拉把车开过去一看,没想在车里喊救命的竟就是塞莱斯。可奇怪的是,塞莱斯只把车窗玻璃摇下一道小缝,人却没有下车。不知道这个混蛋又在要什么花样,芭芭拉不想理他,于是踩下油门就要将车开走。

就在这时,只听塞莱斯哭着求她说:"芭芭拉,看在上帝的分上,救救我吧!"原来,这家伙昨晚把车开到这里时,车子突然熄了火,他正要下车看,却不知从哪儿蹿来一只凶猛的大豹子,吓得他赶紧钻进车里,再也不敢出来。

这时,芭芭拉和姜然也发现了那头豹子,正趴在塞莱斯吉普车旁边的草丛里。芭芭拉牵挂着姜然的伤情,急于开车要走,可姜然虽然由于流血过多身体很虚弱,却还是轻声劝芭芭拉说:"亲爱的,这地方平时根本没有人来,就算塞莱斯不被豹子吃掉,他独自在这里也准会渴死、饿死。塞莱斯人品再坏,终究罪不至死,咱们如果弃他而走,这跟他昨晚对咱们见死不救不是一样了吗? 再说,救死扶伤本来就是咱们医生的天职呀!"

芭芭拉没想到姜然这个中国医生竟然有如此宽阔的胸襟,她又一次被深深地感动了,于是立刻调转车头去驱赶那头豹子。把豹子吓跑后,塞莱斯这才敢跳下自己的吉普车,钻进姜然和芭芭拉的车里来,芭芭拉这才又重新开车向镇医院急驶而去。

可谁知,真可谓好事多磨,他们的车开出才不到一英里,就突然熄了火,一看,原来是没油了。好在后车厢里有备用油,芭芭拉让塞莱斯下车去加油。

可塞莱斯刚下车,就又惊慌地钻了回来。原来是那头豹子追上来了,它箭一般蹿到吉普车跟前,愤怒地用爪子抓着车窗玻璃。三个人顿时大吃一惊,看看车上实在没有可以对付的东西,没办法,只有等这家伙走了之后才能下车加油。可那豹子这时候居然也较上了劲,趴在车前,守株待兔般的看着车里这三个人。

没多久,太阳升起来了,越升越高,吉普车里的温度也跟着往上升,三个人不一会儿就热得汗流浃背。那只豹子倒也乖巧,为了躲避太阳的炙烤,它竟然知道跑到车的阴影处趴着,半点儿走的意思也没有。这样一来,三个人只有坐在车里煎熬般的等着……

不知道过了多少时候,太阳落下去了,车里的温度跟着下降,越来越冷,到了夜里,三个人冻得浑身直打颤。可车外那只豹子,却仍然瞪着两只铜铃般的大眼睛,像幽灵似的趴在那里,虎视眈眈地就是不肯离去。

第二天早上,那豹子还趴在那里,眼睛眯着,看上去像是在睡觉。芭芭拉轻轻推开车门,刚想跨下车去,哪知豹子"呼"地就从地上一跃而起扑了过来,芭芭拉吓得赶紧将车门关上。没办法,他们只有和这家伙继续耗下去。

到了中午,那豹子竟钻到车底下避起热来,大有打一场持久战的架势。这时,车里热得简直像个烤箱,吃的已经没有了,水也喝光了,饥渴、酷热、恐惧,时时刻刻在折磨着姜然、芭芭拉和塞莱斯这三个人。芭芭拉和塞莱斯还能勉强熬下去,可姜然由于身体虚弱,加上流血过多,已经坚持不住了,更可怕的是他开始发烧,并且时不时地昏迷过去。

芭芭拉抱着姜然放声大哭,她知道,如果不及时去医院,心上人随时都会有生命危险。芭芭拉哭着哭着,突然脑子里闪过一个念头,她流着泪对塞莱斯说:"我要冲下去把豹子引开,你趁机赶快把油加上,然后把姜然送去医院。记住,你一定要救活他!"

塞莱斯吃惊地瞪着芭芭拉:"上帝啊,你疯了吗?你这样做会没命的!"

芭芭拉哭道:"可再这样耗下去,他就会死的呀!"

塞莱斯一听,更吃惊了:"为了他,你甘愿把自己去喂豹子?爱情真有这么伟大吗?"

"你不懂!"芭芭拉说了这三个字后,便要开门跳下车去。

塞莱斯眼疾手快,一把拽住芭芭拉,然后从腰里拔出一把匕首,说:"我不会让你这么轻易就去死的!"

芭芭拉问他:"你想干什么?"

塞莱斯说:"其实,我刚才看到车上有麻醉剂时,就想到了一个制服豹子的办法,但我没有勇气说出来,更不愿意牺牲自己……可是,芭芭拉,你……你刚才的举动深深打动了我……"说到这里,塞莱斯的脸上不觉流下了两行泪水,"虽然这么做我会很痛苦,但我却找到了自己的灵魂。你们救过我,现在我也该报答你们!"

说完,塞莱斯使劲把匕首扎进自己的左胳膊,鲜血顿时喷涌而出,他忍着剧痛开始为自己截肢。芭芭拉明白了塞莱斯的用意,她想阻止他,但已经来不及了,芭芭拉流着眼泪要为塞莱斯注射麻醉剂,可塞莱斯硬是不让。

就这样,塞莱斯的左胳膊被活生生地截了下来,他痛得差点儿昏过去……

芭芭拉感动得泪水盈盈,她忍不住在塞莱斯的脸上轻轻地吻了一下,然后把车上所有的麻醉剂都注射进了塞莱斯那条截下来的胳膊里,然后悄悄打开车窗,把它扔到了车外。

趴在那儿的豹子其实早已经饿了,闻到一股浓烈的血腥味便立刻扑上来,几口就把塞莱斯的这条断胳膊吞进了肚里。当然,没多久,这头凶猛的豹子就被麻倒在了地上,芭芭拉于是便跳下车,快速把油加上,然后开着车箭一般向博茨瓦纳镇上的医院奔去……

不久之后的某一天,芭芭拉正式嫁给了姜然,为他们主持婚礼的是一位独臂牧师,他就是塞莱斯。

(李　显)

(题图:张恩卫)

玫瑰花的秘密

　　奥尔森老爹的花店里有一个伙计,每个星期六晚上,奥尔森老爹都要他在八点钟的时候,准时给一个叫卡罗琳的小姐送一束玫瑰花去。

　　卡罗琳与小伙子科曼曾经相爱多年,并且订了婚,可谁知科曼一到外地就变了心,竟然和一个叫克里斯蒂的女人结了婚。婚后,科曼带着克里斯蒂回到镇上,大家一看,克里斯蒂的确长得很美,但镇上人都认为是她从卡罗琳手中抢走了科曼,所以谁都不愿理她。

　　克里斯蒂的日子不好过,可更痛苦的还是卡罗琳,花店伙计第一次按奥尔森老爹吩咐去给卡罗琳送花时,卡罗琳看上去简直就像是一个幽灵,要知道她已经足足有半年时间完全把自己关在了屋子里。

当花店伙计第一次把一个装着玫瑰花的盒子交给卡罗琳时，卡罗琳大吃一惊："玫瑰？是谁送给我的？"

花店伙计摇摇头，说："奥尔森老爹吩咐过，送花人要求，一定要悄悄地把花交给您。"

于是，第二个星期六，第三个星期六，花店伙计都在相同的时间，给卡罗琳送去一个装着玫瑰花的盒子。

到了第四个星期六，花店伙计照例又去给卡罗琳送玫瑰。他走到卡罗琳住屋门口，还没上前去敲门呢，谁知那门就迅速打开了，出现在花店伙计面前的，是卡罗琳许久未出现过的一张笑脸，她的头发看上去也不那么凌乱了。

花店伙计回去把这事儿一说，奥尔森老爹非常开心，还说要赶快去告诉那个给卡罗琳送花的人。

到第五个星期，卡罗琳终于从她那封闭的屋子里走出来了，她缓缓地向坐落在镇中心的教堂走去，胸前的衣襟上还别着一朵鲜艳的玫瑰，头抬得高高的。走过科曼和克里斯蒂家门口的时候，她正眼也不瞧这两人一眼。

就这样，随着花店伙计一个星期又一个星期地去送玫瑰，卡罗琳逐渐恢复了正常的生活状态。

这天，花店伙计又去给卡罗琳送玫瑰时，他对卡罗琳说："尊敬的卡罗琳小姐，下个星期我就要去外地，不能再给您送玫瑰了。不过，奥尔森老爹说，他还会请别人继续来给您送花的。"

卡罗琳一听，脸上不觉闪过一丝遗憾的神情，她邀花店伙计进屋去坐，还拿出一个雕刻精细的帆船模型给他，说："这是我爷爷留给我的，现在我把它送给你。真的，非常感谢你每个星期来给我送花。"

花店伙计回到店里后，当晚在整理行囊时，无意中发现柜台抽屉里有一本奥尔森老爹的记账簿，上面写着：科曼，52束四季开花的红玫瑰,预付13美元。他顿时很激动,这才知道原来科曼并不像想象中的那么绝情,科曼一直在用自己的方式悄悄向卡罗琳忏悔……

一晃过去了三年,这天,当年的花店伙计重返小镇办差,顺便去看望奥尔森老爹。

当两个人不觉聊起往事时,小伙子问奥尔森老爹:"卡罗琳小姐现在怎么样了?"

"你问她吗?"奥尔森老爹欣慰地说,"她已经同一个药房老板结婚了。好家伙,第二年就生下一对双胞胎!"

"哦!"小伙子说,"可是后来,她后来知道一直给她送玫瑰的就是科曼吗?"

"哪里啊!"奥尔森老爹叹息着摇摇头,说,"送玫瑰的哪里是科曼,科曼对此事根本一无所知。"

"一无所知?"小伙子瞪大了眼睛,"老爹,您当年的记账簿上,不是明明白白写着科曼的名字吗? 不是科曼,那他……他是谁?"

"一位太太!"奥尔森老爹不无感慨地说,"这位太太说,她不能坐视卡罗琳因为她而毁了一生。这位太太就是……克里斯蒂,科曼的太太。"

小伙子闻言,又惊讶又感慨……

（作者:阿瑟·高顿;改编者:张玮玲）

（题图:佐　夫）

绝处逢生

坚忍和执著虽然可以锻造有硬度的人生，但是很多时候，命运的转机就在灵活的一念之间。

杀 人 画

　　布朗是加利福尼亚州某小镇上的一个普通工人,自小酷爱画画,尤其擅画牡丹。每逢休假日,他就在小镇的街上摆出画摊,为路人现场作画,并用这挣得的钱来贴补家用。

　　这天,布朗又趁休假时间上街画画,正好有几位来小镇旅游的客人路过这里,他们于是就请布朗替他们画一幅牡丹。布朗只寥寥数笔就将画一气呵成,还给此画题名"红牡丹"。客人们对布朗的画作十分满意,陆续围上来观看的路人也都啧啧称赞。

　　就在这时,画摊前来了一位蓄着络腮胡子的中年人,他掏出一扎钞票,往布朗跟前一扔,牛气十足地说:"给我来十幅,但必须一幅一景,十幅画不能重复。"

　　布朗见来了一宗大生意,心里很高兴,他笑着朝"络腮胡子"

点点头，然后就开始执笔作画，不到一个时辰，便将十幅姿态迥异的《红牡丹》完成了。众人见了不禁咋舌惊叹，络腮胡子更是连声称好，拿了画就走。

傍晚时分，布朗正要收摊回家，没想那个络腮胡子又来了，对布朗说："小伙子，其实我观察你很久了，你真是出手不凡啊！"

布朗一听，心里非常疑惑，他问络腮胡子："先生，您……"

络腮胡子立刻哈哈笑了起来，他从口袋里摸出一张名片，递给布朗。布朗一看，不觉吃了一惊：络腮胡子居然就是纽约画廊的大师弗雷德。

布朗受宠若惊地对弗雷德说："不敢，不敢，先生，我早就听说大师您的名字了……"

弗雷德朝布朗微微一笑，说："小伙子，你的画作已经达到一定境界，不比画廊里的那些画家差，尤其是《红牡丹》，远非他们能比啊！"

弗雷德邀布朗去小镇上最豪华的酒吧共进晚餐，两人一边谈画一边饮酒，颇有相见恨晚之意。

酒酣耳热之际，弗雷德将将他的络腮胡子，对布朗说："最近，我们画廊正在筹备组织一个国际性的画赛，我想，你已经完全有资格来参赛了。"

布朗听到这个消息，真是欣喜不已，这是他多少年来梦寐以求的啊！

布朗正要开口致谢，弗雷德又接着刚才的话对布朗说："这次大赛影响非同一般，我建议你竭尽全力再画一幅《红牡丹》来参赛。小伙子，好好准备吧，我看你完全有能力在这次大赛上夺冠。"

布朗被弗雷德这番话说得热血沸腾，走出餐馆时，他和弗雷德说定了自己交画的具体时间和地点，然后就开始回家闭门作画。但不知何故，以前作画布朗总能一气呵成，可这次他是画了又撕、撕了又画，转眼三天过去，却始终没有画出一幅能让自己满意的《红牡丹》来。

布朗心想：如果让自己这样的状态继续下去，到时候肯定拿不出满意的作品去参赛。于是他索性停下手中的画笔，去小镇上的花园里散步，让自己在牡丹丛中静下心来……整整一个星期，布朗把心思全扑在了画上，累得胃都出血了，最后终于完成了画作，为此，他把自己这幅心血之作题名为"血牡丹"。

布朗把《血牡丹》送去给弗雷德，弗雷德看得眼睛都直了，半天才缓过神来，竖起大拇指夸个不停："杰作啊，杰作！"随后他拿起笔，迫不及待地在落款处写上"弗雷德荐"。

纽约画廊的国际画赛如期举行，而且正如弗雷德所言，经现场评审，《血牡丹》果然荣获此次大赛的特等奖。于是当地各家媒体竞相报道，《血牡丹》一时成了大街小巷人们热议的话题。然而，布朗看到相关报道后，脑子却"轰"地一下炸开了，差点气昏过去，因为《血牡丹》的作者竟然是弗雷德，而不是布朗。

布朗赶紧打电话找弗雷德，弗雷德给他解释说："要知道，在国际性的画赛中，像你这样无名之辈的作品，要获奖是根本不可能的，连入围都困难。我是担心《血牡丹》无出头之日，所以才将你的名字换成了我。当然啦，奖金我一分钱不会拿，全都归你。"

弗雷德的解释显然十分牵强，但是事已至此，布朗又能怎么样呢？他想了想，对弗雷德说："先生，既然如此，那就请您将这幅画还给我吧！"

弗雷德一口答应，并和布朗约定，三天后在哈雷酒吧会面。

三天后，布朗来到哈雷酒吧，谁知弗雷德竟只字不提那幅画，布朗压抑着满腔怒火问他："先生，您……把我的画带来了吗？"

"你是说《血牡丹》？"弗雷德装聋作哑起来。

布朗赶紧点头，说："对，那是我的沥血之作啊！"

谁知弗雷德竟慢悠悠地说："不就是一幅画嘛,你再画一幅不就得了?"

"不,"布朗摇摇头,说,"那是一幅很特别的画,恐怕此生我再也没法画出第二幅了。"

"有什么特别?你是指它获奖了?哼,没有我的大名,它能获奖?"

"可是……先生,我只求您能把它还给我。"

"还给你可以,但你必须答应我一个条件……"弗雷德说到这里,朝布朗诡秘一笑。

布朗不免感到惊讶："什么条件?"

"把右手剁掉!"弗雷德狠狠地瞪着布朗,从口袋里掏出一把刀,"哐当"一声扔在布朗跟前。

布朗心里猛一怔,他实在无法相信这话会出自一位大师之口。不过布朗的性格也犟,他立刻弯腰从地上拿起刀,咬着牙朝弗雷德吼道："即便是剁掉两只手,我也要拿回我的《血牡丹》!"说完,刀落指断,他右手的四个指头齐刷刷被他自己斩落下来。

弗雷德不得不把《血牡丹》还给布朗。

然而让布朗没料到的是,就在他随后去医院的路上,却莫名其妙地遭到一伙人的殴打,被打得头破血流不说,藏在怀里的那幅《血牡丹》也被他们抢走。

经过医生的精心治疗,布朗总算保住一命,但他已经意识到了《血牡丹》给他带来的杀身之祸,说不定更大的灾难还在后头,于是决定离开小镇。

话说弗雷德,他原来是一名画家,青年时代其作品曾频频获奖,可是在获取了无数荣耀之后却不思进取,再也没有了新作问世。这回遇上了布朗,弗雷德就在布朗身上动起了歪脑筋,一幅《血牡丹》让他一下红遍全城。为了彻底斩断布朗的后起之路,他变本加厉地非要布朗断指不可……

数年之后，弗雷德凭借布朗的《血牡丹》跨入了富豪行列，不但先后开出十几家画廊，建起高档别墅，还养了一大堆女人，布朗的那幅《血牡丹》，就被他挂在新建的别墅里。

这一年的这一天，是弗雷德六十岁生日，在众宾客的祝寿声中，弗雷德喝酒正喝得兴起，没料保镖来向他报告，说别墅门前突然来了一个蓬头垢面的乞丐，给他钱他不要，撵他走也不走。那乞丐说，今天非要见别墅主人一面，如果见不到，打死也不走。

弗雷德一听，心想：既然今天是自己的大喜之日，就不能做败兴的事。于是，就亲自去门口见乞丐，问他："你是谁？"

乞丐看着弗雷德，反问道："难道你真忘了我是谁吗？"

弗雷德一愣，看着乞丐想了半天，也没有想起来他是谁，于是鼻子里哼了一声，说："我从来就不认识你！"说完，转身就走。

"慢！"乞丐在后面喝住弗雷德，说，"你不认识我，可你不会不认识这个吧！"

弗雷德掉过头去一看，只见乞丐正用两只手举着一幅画，那幅画就是《血牡丹》。弗雷德似乎忽然之间明白了什么，一头栽倒在地上，再也没有起来……

这个乞丐就是布朗！当年为躲避弗雷德的追杀，布朗离开小镇后就长年隐居在一个偏僻的小山村里，一边用左手苦练作画，一边以此来维持自己的生计。经过数十年的刻苦练习，后来他终于重新画出了《血牡丹》。画作完成之后，布朗便开始四处寻找弗雷德，几经周折，终于打听到了住址……

这个故事距今已经过去了一百多年，可是据说，在纽约的一家画廊里，至今还珍藏着两幅一模一样的牡丹画，一幅叫《血牡丹》，另一幅人们称它为《杀人画》。

（陈笑海）

（题图：箭　中）

部落里的枪

　　古仑岛位于波涛汹涌的太平洋上。

　　这天,有一架直升机在古仑岛的上空盘旋。这架直升机是从八公里外的一艘客轮上起飞的,为的是把环球旅游公司的老板、探险者约翰送到古仑岛上来。

　　驾驶直升机的叫杰克,是约翰公司里的一名员工,也是约翰的好朋友。当约翰小心翼翼地顺着软梯拾级而下,最后稳稳地站到岛上后,杰克就驾着直升机飞走了。而约翰在环顾四下判断了自己在岛上所处的方位后,也很快钻进了山林……

　　二战时,约翰曾经来过古仑岛,那时这座岛被美军占领着,美军在岛的南端修了两条飞机跑道,约翰当时只有十七岁,是一名新兵,在岛上负责站岗值勤。

　　岛上有一个土著部落,部落里的土著人只在密林中窥视美军,双方却谁也不敢接近。有一天,约翰去小溪取水,遇上部落里一个漂亮的姑娘,她的名字叫"美丽的叶子"。约翰很快就和叶子好上了,两人经常偷偷幽会,而且约翰还从叶子那里学会了土著人的语言。美军撤离前,约翰和叶子依依惜别,他把自己的雷明顿手枪连同八发子弹一起送给了叶子,后来还为此被关过禁闭……

　　回忆着这些往事,约翰心里不觉感慨万分。

　　约翰在山林里走了大约半个钟头,面前突然蹿出几个土著人,根本不容他开口,就把他带去了一个山寨。只见寨子中央的广场上矗立着一座巨大的图腾,居然是一架用树枝扎成的美军战机模型。一个金发碧眼却又皮肤粗黑的混血壮汉,正搀扶着一位老妇向广场缓缓走来。虽然岁月沧桑,但约翰一眼就认出,这位老妇正是当年那个美丽的叶子。

　　广场上的那些土著人,看到叶子和壮汉来了,都显得十分恭敬,一齐跪地相迎。叶子看到约翰,也认出了他,颤抖着嘴唇道:"是……约翰,是你……"她话音未落,约翰就飞奔上去,两人紧紧拥抱在了一起。

　　站在一旁的混血壮汉显得很激动,原来他叫石头,就是叶子和约翰的儿子,现在是这个部落的酋长。而在场的那些土著人此刻也都明白了是怎么回事,他们欢呼雀跃,兴奋地大叫:"神回来啦!神回来啦!"

　　叶子和石头酋长把约翰带到寨子里的一间密室里,那里有一块巨大的石头,石头上供奉着一架用白木雕刻的飞机模型。约翰好奇地问:"你们为什么要供奉飞机模型?谁是神?"

　　叶子给约翰解释说,当年他们土著人看到美军既不捕鱼打猎,也不饲养耕种,每天却有"轰鸣的飞行器"从天而降,送来吃的喝的,于是就以为他们是来自太空的神灵。

　　叶子还说,她父亲原来就是这个部落的酋长,不料有一天突然跌下悬崖死去。叶子一直怀疑父亲是被人谋害的,凶手就是后来当了酋长的贝林。叶子一直想报仇,无奈她一个女孩,若是直接和贝林较量,十有八九要败下阵来。怎么办呢?叶子想啊想,终于想出了一个办法:靠神的力量来战胜贝林。既然美军是来自太空的神灵,那么,只要和他们中的一个怀上孩子,那么自己不就拥有了一个神的孩子了吗?于是,便有了后来她和约翰在小溪边的不期而遇,并且果然生下了神的儿子。神的儿子当然是要当酋长的,部落长老们于是商定,等叶子的儿子石头六岁时,就将酋长之位传让给他。

　　贝林当时不得不对长老们的集体决定满口答应,可就在石头五岁时的一个雷雨之夜,他手持大棒摸进叶子的窝棚,要对石头下毒手。就在这危急时刻,叶子果断地摸出约翰当年给她的那把一直秘不示人的雷明顿手枪,毫不犹豫地朝贝林开了枪。

　　打死贝林后,叶子又一不做、二不休,冒雨闯入贝林家,准备一枪一个地斩草除根,结果他们全家人的性命。没料贝林那个十岁的儿子"海蛎子"却伺机翻窗跑了,叶子紧追出去,可直到打光了所有的子弹,还是没能把海蛎子打死,只得眼睁睁地看着他钻进丛林。

　　后来,叶子靠着约翰给她的这把枪,扶持儿子石头当上了酋长。但是这以后发生的事,叶子并没有预料到:那天夜里海蛎子逃到海边,划着一条独木舟逃生,在海上漂泊时被一艘货轮救起,辗转来到美国,还加入了美国籍,后来又化名凯拉,应聘来到约翰开办的环球旅游公司。

　　约翰只知道海蛎子来自古仑岛,却不知道他和叶子的血海深仇。海蛎子到公司后不久,就向约翰提议开发古仑岛原始部落作为旅游区,约翰想到借这个机会又能见到阔别多年的叶子,就点头同意了。

一个星期后,约翰约上杰克,和海蛎子一起驾驶一条客轮,在古仑岛附近抛下锚,然后按事先的商定,由杰克用直升机把海蛎子送到古仑岛上去探路。可谁知,海蛎子上岛后不久,他的卫星电话就突然关机,再也联系不上了,约翰担心海蛎子出事,放心不下,这才亲自上岛来找,于是就有了故事开头的一幕。

此刻,叶子告诉约翰,海蛎子一上岛就被部落里的人发现了,叶子认出海蛎子就是仇人贝林的儿子,就立刻让他们把他拘押起来。约翰问叶子:"你们准备怎么处理海蛎子呢?"

"这还用问吗?"石头酋长说,"我已经决定了,明天正午是吉祥时辰,我们将在广场上把海蛎子剖腹挖心,祭奠神灵。"

约翰听了不由一惊:为什么非要对海蛎子如此下手呢?他想了想,对叶子说:"要不……你们把他交给我吧,我向你们保证,我把他带回去之后,他从此再也不会回来了。"

在叶子和石头的心目中,约翰就是神灵啊,现在既然约翰这么说,他们几乎没怎么多想,就点头答应了。

当天夜里,叶子偎依在约翰的怀里说了一宿的话。叶子流着眼泪对约翰喃喃道,因为她是神的女人,又是酋长的母亲,这些年来,没有一个男人碰过她。约翰听了心头酸酸的,紧紧地把叶子搂在怀中……

第二天上午,约翰去看海蛎子,海蛎子被关在部落广场下面的地下室里,海蛎子一见到约翰,就知道自己得救了,激动得直掉眼泪。约翰埋怨他说:"你既然和叶子有血仇,为什么还要冒险回来呢?"

海蛎子嗫嚅着解释:"我本以为这么多年过去,他们不会认出我来,可谁知还是被这个女人一眼给认出来了……"

约翰问他:"那你的卫星电话和手枪呢?都被他们搜去了?"

海蛎子摇摇头说:"没有,我怕被他们搜去,所以一下直升机后,就把它们藏在石头缝里了。"

约翰于是去找石头酋长,得到允许后,他就跟着海蛎子去取这些东西。两人来到海边,这里就是当时海蛎子空降到岛上的地方,海蛎子走进一个山洞,没多久就拿着一个皮背包出来了。

他走到约翰面前,从皮包里掏出手枪,突然逼住约翰,口气严厉地命令道:"现在,我们一起去部落广场,由你这个他们心目中的神来向全体部落人宣布,我才是这个部落真正的酋长,叶子和石头是魔鬼,必须打入地狱。然后,你就打电话给杰克,让他来接你离开古仑岛。这样,我们之间的事就了结啦,以后你就永远不要再踏上这个岛了!"

这一切全发生在瞬息之间,约翰顿时愣住了。他看出海蛎子不是在对他开玩笑,便说:"你怎么会这样?海蛎子,难道你不愿做一个现代人,而要做一个原始部落的酋长?"

"当然!"海蛎子毫不犹豫地回答道,"只有回到这里,我才好像又活过来了。我原本就应该是酋长,我的身上流着古仑岛部落儿女的血,我必须回来,为我的一家人报仇。如果你不答应,我会立即打死你!"

如此情势下,约翰不得不点头,他在海蛎子的逼迫下,来到部落广场。

此时已近中午十二点,部落里的人闻讯都纷纷汇聚拢来。海蛎子看上去完全是一副轻松的样子,可他插在衣兜里的那只手却一直顶着约翰的腰,意思是催促约翰快向大家宣布他海蛎子当酋长的事。

出乎海蛎子意料的是,约翰这时候的态度却非常强硬,他坚持一定要等到正午十二点才向大家宣布,因为那是一个吉祥的时刻。可谁知一到正午十二点整,广场上空突然传来一阵"隆隆"的轰鸣声,大家抬眼一看,吃惊地发现,有一架飞行器正在他们头顶上空盘旋。其实那就是杰克驾驶的直升机,是约翰事先和他约好,让他这个时候来接他和海蛎子的。

这时候，部落里的人都还没弄明白是怎么回事，可海蛎子已经情知有变，他"嗖"地从衣兜里拔出枪来，对准约翰就要打。

约翰却轻蔑地瞧了他一眼，用英语开口道："你要是胆敢当众打死我这个'神'，这些部落里的人就会像疯了一样把你撕成碎片。当然喽，如果你听话，我保证让你活命。"

海蛎子一听，这才没有轻举妄动。

随后，约翰指着正在徐徐降落的直升机，对部落里的人大声说："各位，我只是神的仆人，而这位驾驶飞行器从天而降的，才是你们一直盼望的真正的神！"

广场上这时候已经聚拢来了数百号人，大家一听真正的神来了，立刻发疯般的朝杰克狂呼起来："神！神！"

不一会儿，杰克驾着直升机降落到了地上。飞机还没停稳，约翰就带头"扑通"一声朝杰克跪了下去，于是大家全跟着跪倒在了地上，黑压压一片……杰克关上引擎走下飞机，看着广场上的情景，不知发生了什么事，手足无措地望着约翰。

约翰站起身，用英语对他说："杰克，现在只有你能帮我，你按我说的去做——现在你就是这个部落的神，你随便用英语说点什么，然后我假装来翻译。"

杰克意识到事情重大，不敢大意，马上提起精神，找准感觉，然后一挥手说："女士们，先生们，中午好！很高兴见到大家！"

海蛎子一看杰克和约翰这么默契地配合，知道事不宜迟，自己得马上动手，于是就"呼"地举起手里的枪，准备铤而走险，最后一搏。

就在这万分危急的时候，约翰用他当初从叶子那里学来的部落语言，假装翻译杰克刚才的话，高声对广场上的数百号人说："神刚才命令你们，立刻把这个海蛎子抓住，把他绑起来！"

约翰话音刚落，立刻有几十个精壮的小伙子"哇哇"叫着朝海蛎子扑了上去，把他捆绑起来。约翰迅速过去夺下了海蛎子的枪,广场上的男女老少一起高声嚷着:"神啊,请你绞死这个魔鬼吧!""神啊,请把他砍成肉泥吧!"

约翰一看这个场面,担心再生变故,于是就装模作样地朝杰克附耳过去,假装倾听一番,然后抬起身子对大家说:"各位请安静!现在我可以告诉大家,神已经答应了,他将把这个魔鬼带回去,用神的方式来处死他。神还说,不久他将再次光临岛上,为各位赐福,请大家耐心地等候吧!"

约翰又走到叶子身边,对眼泪汪汪的叶子说:"放心吧,美丽的叶子,我会很快回来的。"

随后,约翰和杰克押着海蛎子上了直升机,在部落人的一片欢呼声中,杰克驾机向远处的天边飞去。

当然,这些部落人无论如何也不会想到,此时在直升机上,约翰正在给海蛎子松绑。约翰对海蛎子说:"你就当过去的一切都没有发生过,我也不会再向你追究。不过,我的公司今后不能再用你了,你自己好自为之吧!"

谁知海蛎子却突然拉开了直升飞机的边门,致使飞机剧烈地摇摆了一下。约翰和杰克同时一惊,齐声喝问:"你要干什么?"

海蛎子惨然一笑,说:"既然不能为家人报仇,不能重返故乡,不能当酋长,我的生命也该结束了……"说完,纵身向外跃去……

下面,是波浪滔天的茫茫大海。约翰知道,从几百米的高空跌落到海里,这和跌到钢板上没什么区别,他俯视着苍茫海面上泛起的波涛,久久无语……

(老　三)

(**题图**:王申生)

美洲豹33号

故事发生在政府军和雇佣军对峙的那个动荡年代。

有一个少妇叫娃勒丽娅,她已是三个孩子的母亲,看上去却依然楚楚动人,美丽的脸庞上有着一双又黑又亮的大眼睛。不过娃勒丽娅的眼神里却总是有几分忧郁,自从不务正业的丈夫楚斯失踪以后,她不得不拖儿带女地投奔到姑妈家来。

娃勒丽娅的姑妈是一个老处女,住在镇上的一栋深宅大院里。那宅子看上去挺气派,但里面却冷冷清清,只住着姑妈一个人。

这天,一群政府军士兵突然把天线、电缆、梯子之类的东西搬进姑妈的宅院,一个又矮又胖的秃顶上校军官对娃勒丽娅和她的姑妈说:"我是本地司令官勒翁上校,两位夫人,你们的宅子被征用了。虽然战争给你们带来了麻烦,但政府会感谢你们的。"

不久之后的一天,镇上传开一个好消息:政府军打了大胜仗,驻军决定押着被俘的雇佣军士兵在镇上走一圈,以此来庆祝胜利。小镇上的人于是纷纷走上街头,姑妈的宅子因为就坐落在当街,所以娃勒丽娅和姑妈就带着孩子们趴在自家的窗户上看。

看着俘虏们一个个从眼前走过,娃勒丽娅的脸色突然变了,因为她在俘虏队伍中看到一张熟悉的面孔,这个人正是她失踪了多时的丈夫楚斯。

当晚,娃勒丽娅怎么也无法入眠。这一夜很长很长,她独自一人在街上走来走去,从见到楚斯的那一刻起,她心里就无法平静。虽说楚斯以前有不少坏毛病,赌博、酗酒、玩女人,可他毕竟是自己的丈夫呀。听街上人都在说,这些俘虏明天就要被押送去首都受审,审过后立即枪决。唉,难道自己今后再也见不到楚斯了?

娃勒丽娅急得几乎要哭出声来。突然,她脑子里闪过一个身影,谁? 就是那个勒翁上校,娃勒丽娅猜想勒翁上校或许能主宰楚斯的命运。

就在这时候,娃勒丽娅看到有一辆军用小车正朝她这边开来,该不会就是勒翁上校吧? 娃勒丽娅赶紧迎了上去,一看,果然是。

上校的车在娃勒丽娅身边停下了,娃勒丽娅一看到上校,那双美丽的大眼睛里立刻滴下了眼泪:"上校,我丈夫……我丈夫也在你们俘虏兵的队伍里。"

一阵可怕的沉默,上校没有开口。

上校把娃勒丽娅带回他的司令部办公室,问清楚了楚斯的名字后,便从桌上拿过一个名册,仔细地查阅起来。果然,没花多少时间他就查到了："不错,是他,而且还是个队长。他不会被就地枪毙的,我们代表合法政府,所有俘虏都要交给军事法庭去审判。"

娃勒丽娅对上校的话有些将信将疑,但上校这么做,她心里很感激,她觉得上校挺有同情心。但楚斯最终到底会面临什么样的命运呢? 娃勒丽娅心里一直很忐忑。

第二天,娃勒丽娅正心神不定地在宅屋后面的花园里散步,她出神地看着花园中央的喷泉在池子水面上激起的涟漪,竟没有觉察到有一个人已经悄悄走近了她。

娃勒丽娅被这人突然从后面搂住了,但娃勒丽娅没有回头,她猜出这人准是上校,故意没有出声。

上校在娃勒丽娅耳边轻声说:"夫人,你太可爱了,多美的眼睛,多美的肩膀! 我爱你,所以我决定让那个家伙留下来,让他呆在牢里,这样,你就可以和我在一起了。当然啰,你应该知道,你丈夫的性命现在就掌握在我的手里,或者说也掌握在你自己的手里。这一点,我想你应该明白。"

此时此刻,娃勒丽娅满脑子里全是楚斯的影子,既然上校这么说,她还能说什么好呢? 于是她一咬牙,横下心来,跟着上校坐上了他的吉普车,颠簸着出了宅院的大门。

第二天清早,娃勒丽娅回来了,她对姑妈说,她是陪上校巡视战场去的。但是走进自己房间,娃勒丽娅就伤心地扑倒在床上,满眼的泪水和带血的口水很快就浸湿了她睡觉的枕头,她痛哭着,但又有些宽慰,为了丈夫的自由和生命,她愿意用自己的身子去换。这天直到下午,娃勒丽娅才从房间里出来,等待着又一个骇人的夜晚到来。

但这天还没到傍晚,上校就来找娃勒丽娅了,说他不仅不把楚斯送去首都受审,而且还要恢复楚斯的自由,让楚斯和娃勒丽娅夫妻团聚。他要把楚斯悄悄留在他的司令部里,嘿,谁能想到一个出卖自己祖国的罪犯竟会躲在政府军的司令部里呢?

上校的话简直让娃勒丽娅不敢相信,而更让她吃惊的是:一个幽灵般的男人,这时竟出现在了门口,这男人就是她的丈夫楚斯! 娃勒丽娅立刻扑了上去……

当晚,楚斯被上校安排就留在娃勒丽娅这里。

娃勒丽娅无奈地叹了口气,对楚斯说:"亲爱的,你得准备长期过这样的日子啊!"

楚斯却无所谓,甚至还有点得意,他对娃勒丽娅说:"我看不见得,虽然我们在陆上被政府军打败了,可外国人在天上帮我们的忙。你知道吗,外国飞机会来轰炸这里的。"

娃勒丽娅一听楚斯这么说,非常吃惊:"那得炸毁我们多少城市,炸死我们多少同胞呀!"

"那有什么,"楚斯说,"我们要的是我们的胜利,把政府军打败,我们就能上台。嘿嘿,外国佬也帮着我们打天下呢!"

楚斯说这些话的时候,竟然一点都不感到羞耻,这让娃勒丽娅更感到惊讶。

这时候,楚斯靠近了娃勒丽娅,看得出来,他想趁这个机会亲近妻子。可娃勒丽娅却胆怯地躲着,身子像触电一样颤抖。楚斯熟悉自己的妻子,立刻意识到娃勒丽娅已经被上校玷污,自己今晚的自由是娃勒丽娅用惨重的代价换来的! 他痛苦得简直要发疯,抡起拳头一下又一下拼命地朝墙上打去……

当黎明来临的时候,空中响起了一阵隆隆的飞机声,一定是外国佬的飞机去轰炸首都了! 娃勒丽娅一听,立刻神经质地跳起来,朝楚斯狂叫:"这一轰炸,我们的首都就会像广岛一样变成废墟。你这个魔鬼,我要去告发你,你是个出卖祖国和人民的无耻之徒!"娃勒丽娅披头散发,面部痉挛,舞着胳臂就朝上校的房间冲去。

此时上校刚起床,看到疯了一般的娃勒丽娅冲进来,不觉有点惊愕。

娃勒丽娅气喘吁吁地对上校说:"我来告发我的丈夫,他把祖国出卖给外国佬,还盼着要炸平我们的首都。"

谁知上校没有一点惊讶,他慢吞吞地起床,打了个哈欠,对娃勒丽娅说:"唔,你的丈夫,一个爱国者,我得跟他握握手。"

娃勒丽娅顿时惊呆了,她怎么也想不到上校会说出这样的话来,她不知道她是怎么跟在上校后面走回自己房间的。

只见上校笑嘻嘻地走上去,对楚斯说:"你知道我为什么要把你留在这里吗?"

楚斯板着脸说:"我当然知道。"他把灼灼逼人的目光移向娃勒丽娅,那意思显然十分清楚,是娃勒丽娅出卖了身子,才做了这笔买卖。

上校沉默着,两只眼睛直逼楚斯。突然,他一字一顿开口道:"美洲豹33号!"

楚斯惊得像傻了一般:"这不可能,绝不可能!"

是呀,这怎么可能呢?"美洲豹33号"是他们的外国佬后台策划的一个秘密计划的代号,这个计划的主要内容就是雇佣军和政府军中的部分高级军官联手,以武装行动推翻现在的政府。

如此看来,上校就是这个行动的高层执行官,他显然知道楚斯是他们在雇佣军中的同伙。楚斯终于明白站在他面前的上校到底是什么身份了,两个人于是热烈地拥抱起来。而直到这时,娃勒丽娅才从惊愕和愤怒中猛醒过来。

也就在这时,一声巨大的轰响震撼着大地,外国佬的飞机又开始轰炸了……

几天之后,电台宣布现政府垮台和新上台的第一批军政府委任名单,上校升任部长,楚斯被任命为军政府秘书。听到这个消息,娃勒丽娅几乎要疯了!

那天,娃勒丽娅一个人在镇外的荒野里疯狂地奔跑,她不知道自己要跑到哪儿去,也不知道自己要跑多远。这时,姑妈家的一个邻居急匆匆地来找她,说:"敌人丢炸弹……你的孩子没事,可你姑妈被炸死了……"

娃勒丽娅赶紧跌跌撞撞地跑回去,只见姑妈浑身是血地倒在一丛石竹花下,一头银发在阳光下发着惨白的光。娃勒丽娅扑上去,抱着姑妈哭得死去活来,只有她那几个不懂事的孩子在院子里又蹦又跳的,还做着打仗的游戏,嘴里嚷嚷着:"美洲豹!美洲豹!"

"美洲豹已经走了……"娃勒丽娅失魂落魄地自言自语着。

是的,上校到首都去任职了,楚斯也到那儿去当他的军政府秘书了,她娃勒丽娅也该跟着去首都了……

几天后,在首都楚斯豪华的新居里,应邀前来庆贺乔迁之喜的上校和男女主人共进晚餐,女主人娃勒丽娅的烹调手艺第一次得到了上校和丈夫的称赞。两个男人乘兴喝了很多酒,可是最后都没有醒来,不是酒醉,而是死于毒药。

和他们一起死去的,是女主人娃勒丽娅,她是割腕而死的,厨房里流了一地的血……

(作者:安·阿斯图里亚斯;改编者:宋一平)

(题图:王中生)

峡谷里的婴儿

　　艾西是澳大利亚一位事业有成的民间艺术家,她和丈夫杰佛住在斯普林斯市郊的一幢乡村别墅里。在三十二岁这一年,艾西怀上了她的第一个孩子,于是便坚决地婉拒了全部应酬,完全沉浸在了快要做母亲的喜悦之中。

　　这天早上,艾西的丈夫杰佛去公司上班,临出门时,他看着还有一个星期就要分娩的艾西,眼神里流露出无限的爱恋。杰佛抱歉地对艾西说:"亲爱的,临近年底,公司里事情特别多,今天晚上我有可能加班,如果不能回来,做饭的事就要劳累你自己动手了。"

　　艾西却满不在乎,她朝杰佛摆摆手,笑着说:"没事儿,亲爱的,我完全可以自己来,你放心去吧!"

可谁知杰佛出门不久,艾西突然就觉得自己今天有点不对劲,身子软软的。她不由心想:难道是我要提前生了? 快到中午时,艾西懒得给自己做饭,于是就给附近一家比萨店打电话,订了一份水果馅饼。半小时后,比萨店的送货员汉特就开车将馅饼送过来了。

艾西让汉特把馅饼放在客厅的茶几上,她正要凑过去看,突然腹部袭来一阵剧痛,紧接着又是一阵。"准是要生了!"艾西紧咬牙关,赶紧在沙发上坐下来,此时她的脸色显得十分苍白,额上冒着豆大的汗珠,全身颤栗。

汉特一看吓坏了,赶紧伸手去扶艾西:"夫人,你怎么了?"

艾西强忍着疼痛说:"孩子……我的孩子……我恐怕要生了。"

汉特还是个年轻小伙子,哪里经历过女人将要生产的事情? 不过此时,他感觉到了艾西正用冰凉的手在使劲地拽着他,一种强烈的责任感立刻在他心头油然而生,他对艾西说:"夫人,你要挺住! 快把你丈夫的电话号码给我,我马上打他电话。"

"不行,来不及了!"艾西呻吟着说,"我必须马上去医院!"

艾西的话一下提醒了汉特:是啊,从这儿到医院有很长一段路,如果等她丈夫赶回来再去医院,时间耽搁太久,什么情况都可能发生。于是,汉特赶紧拽艾西上了自己的送货车。

送货车沿着蜿蜒的山间公路,以每小时八十英里的速度向医院方向急驶。但真的是来不及了,车才开了大约一半路程时,艾西肚子里的羊水突然破了,她又惊又急,忍不住尖叫了一声。

被艾西这么一声惊叫,汉特心里发了慌,他不由浑身一抖,结果方向盘就在这一刹那在他手里失去了控制,送货车立刻一头栽进长满了灌木的峡谷……

不知过了多久,艾西才苏醒过来,刚一睁开眼睛,一种巨大的被碾压的疼痛感就从她腿部袭来。"汉特! 汉特!"艾西第一个反应，就是想知道汉特怎么样了，她拼尽全力叫着汉特的名字，可是却听不到回答。

艾西于是艰难地扭过头去找，但马上就痛苦地闭上了眼睛。为啥？因为她突然发现，汉特已经被甩到车外，头正好撞在一块巨大的岩石上，浑身是血。艾西拼命让自己镇定下来，又使出全身力气喊着汉特的名字，甚至想爬过去救他，哪怕到他身边去看看也好，可无奈的是，艾西实在无法动弹。

怎么办呢？艾西看看车外，顿时又惊出一身冷汗："天哪！"原来，她发现自己坐的这辆送货车是当时在斜坡上冲出好几百米后跌落到这里的，根本就没有在斜坡上留下任何发生事故的痕迹，而坡上密密麻麻的灌木林又将下面的事故现场完全掩住了。这条路上平时来往行驶的车辆就少，即使有车过来，也根本不可能察觉到下面峡谷里发生的车祸。

想到这一切，艾西不由绝望地闭上了眼睛。

渐渐地，整个山林被完全笼罩在了黑色之中，夜风呼啸，寒意阵阵。艾西躺在送货车里，孩子还没有降生，营救人员也没有出现，而车祸带来的疼痛，还有饥饿和寒冷，却越来越加剧。这样下去，要不了多久，孩子就会窒息，怎么办？

这时，艾西突然想起自己以前给父亲当助手时的情景。艾西的父亲曾是一位产科医生，艾西曾亲眼目睹过父亲为婴儿接生的全过程，于是她立刻下意识地用力，想靠自己的力量把孩子生下来。可她试了试，不得不轻轻地叹口气，原来由于下身被摔伤，她根本就使不上劲儿来。

不过整整一个晚上，艾西没有放弃，一直在顽强地做着努力。第二天一早，当新的一天来临，太阳也照亮了周围的山林时，艾西心里重新燃起了希望，她努力调整自己身体的姿势，继续尝试着使劲儿，想把孩子生下来。可是直到中午，依然没有结果，此时艾西已经累得精疲力竭，几乎接近虚脱，她意识到单靠这样的办法,已经无法让孩子降生了。

突然,艾西脑子里跳出了父亲曾经说过的一句话:"如果产妇无力将孩子生出,应该立即施行剖腹产。"剖腹产?艾西被"剖腹产"这三个字吓了一跳,可转而想到时间一长孩子将无法保住时,她果断地下了决心:就在这深山峡谷里,自己给自己做剖腹产。

可是做手术的工具从哪儿来呢?

艾西冷静一想:对呀,从去年开始,不是每辆澳大利亚车上都配了一个简易的医疗急救箱吗?她硬撑起身子,赶紧摸索搜寻,果然在驾驶座下找到了那个箱子,打开一看,里面碘酒、绷带、纱布和棉球之类什么都有,就是独独不见她现在最想要的手术刀。

艾西急得快要哭了:难道是命运在捉弄自己,注定要把自己逼上绝路?她咬紧牙,对自己说:"不能放弃!为了孩子,我一定不能放弃!与其在这儿等死,不如坚持到最后一分钟。"

艾西又继续在车里仔仔细细地搜寻起来,真是功夫不负有心人,最后终于在仪表板下面的隔层里,找到了一把用来切比萨的刀子。看着明晃晃的刀刃在太阳下一闪一闪地发着夺目的亮光,艾西兴奋地闭上了眼睛,她一边在心里积攒着给自己做手术的勇气和力量,一边在脑子里竭力回忆当年看父亲做手术时的每一个环节。

接着,艾西又准备好了纱布,用碘酒仔细地将刀子抹了一遍,将自己腹部也仔细擦过,算是消毒吧,然后一咬牙,一用力,将刀子朝自己腹部划下去,一股殷红的血立刻流了出来……。

艾西感到一阵火辣辣的痛,先前麻木的下身竟突然间有了知觉。她忍着疼痛,手里紧紧握着刀子,仔细地判断自己子宫的位置。她默默地告诫自己:"一定要沉住气,这是最关键的一步。"然后瞪圆眼睛,小心而果断地把刀插进肚子,把子宫划破了。

很快,艾西看到自己的子宫里有一个粉红色的肉团在蠕动,她不由欣喜万分,轻轻地把自己的右手伸进去,摸到那个温热的小生命后丝毫不敢停留,赶紧用力将他和胎盘一起拉了出来。

"哇——"送货车里顿时响起一阵让人心颤的哭叫声,顿时让这位下身已经鲜血淋漓的母亲激动得热泪盈眶。艾西迅速将自己的子宫和肚子缝合上,又将婴儿的脐带割断,包扎好,将孩子紧紧地搂在胸前。

做完这一切,艾西像是完成了一项重大的使命,长长地吐了一口气。此时她太疲倦了,头一沉,不一会儿就靠在驾驶椅背上昏睡了过去。

不知过了多久,空旷的峡谷里响起了新生儿嘹亮而高亢的哭叫声,紧接着,又响起了"汪汪汪"的狗叫声。艾西惊醒过来,费力地睁开干涩的眼睛,她怀疑自己是在梦中:这深涧峡谷,哪来的狗呀?

可就在这时,艾西听到从不远处传来一个她再熟悉不过的喊声:"艾西!艾西!"

"是杰佛?是杰佛在喊我?"艾西透过车门,看到有人影在幽暗的峡谷里闪动,并且正向这边跑来。啊,跑在最前头的正是她最亲爱的丈夫杰佛!

艾西心里一阵激动,可此时她人已经极度虚弱,没等开口就昏了过去。

那么,杰佛是怎么会找到这里来的呢?

原来,艾西出事的当天晚上,杰佛在公司加班,他往家里打电话,可一直不见艾西来接听,他心里实在放心不下,就忍不住请假回了家。可谁知到家一看,根本没有艾西的人影,也不见纸条一类的留言,但他注意到了客厅茶几上没有动过的比萨店送来的馅饼,于是赶紧打电话找比萨店老板询问,得知汉特送货一直没有回去,心里顿时生出不祥之兆。他想来想去,最大的可能就是艾西提前分娩,汉特送她去了医院。

于是杰佛又给医院打电话,可一家一家找下来,还是没有找到艾西。杰佛这下更紧张了:时间这么长,他们不在医院,难道是路上出了车祸?杰佛不敢迟疑,立即报警。

警方接到杰佛的电话后连夜展开搜寻,可惜都没能找到线索,于是第二天又动用警犬分几路搜寻,直到临近中午的时候,才终于发现了出事地点。

杰佛跑到艾西跟前的时候,看到艾西怀里有一个东西在蠕动,仔细一看,竟是个婴儿。他顿时惊得目瞪口呆,这简直太不可思议了!

遗憾的是汉特此刻已经早没有了气息,而艾西母子被警方送进医院后,在医护人员的精心护理下最终安然无恙。

"艾西精神"极大地感染了每一个人,《澳大利亚时报》的记者为此专程前去采访。很快,艾西成了全澳大利亚家喻户晓的英雄母亲……

(作者:尼尔森;改编者:傅　辕)

(题图:箭　中)

第六只铁箱

于勒是个身无分文的失业青年，这天他正在翻看报纸，想找个合适的工作，忽然，报上登载的一则售房启事引起了他的注意。

启事上这样写着，在市郊阿德里德山脚下，有一栋两百多年历史的别墅，别墅的主人是一个名叫戴德·霍尔的先生，他现在要以二百万美元的价格将别墅出售，有意者可与弗兰斯律师事务所联系。

启事最后还写道：本别墅特别欢迎奥思古斯姓氏者前来购买；如果购买者同时再拥有一块绣有本别墅图案的白手帕，那么他将免费得到这栋别墅。

看完启事，于勒真是又惊讶又兴奋，因为他就姓奥思古斯，而且父亲在临终前曾给过他一块白手帕。会不会手帕上就绣着这栋别墅的图案呢?

于勒于是急忙翻箱倒柜地找啊找,把手帕找了出来。可是打开一看,他就泄了气,原来手帕倒是白手帕,而且上面就是这栋别墅的图案,可奇怪的是这白手帕只有一半,另一半明显是被剪掉的。于勒不明白父亲当时为什么要这么做,而且还要把剪掉了的半块手帕留给他,但不管怎么样,他决定就拿着这半块手帕去碰碰运气。

于勒来到弗兰斯律师事务所,可万万没想到,弗兰斯接过他拿去的这半块白手帕,捧在手上仔细看过之后,竟然打开保险柜,从里面拿出半块和它一模一样的白手帕来。

弗兰斯惊疑地将这两个半块白手帕合在一起,当看到它们完全能拼接得严丝无缝时,他激动地大叫起来:"真是太不可思议了!哇,终于把你找到啦!"

弗兰斯对于勒说:"我现在就领你去见别墅的主人霍尔先生。至于这两个半块白手帕的来历嘛,以后有机会我会慢慢告诉你的。"

两人很快就来到阿德里德山脚下的那栋别墅前。

走进别墅,事先已经接到弗兰斯电话的别墅主人霍尔,正在书房里等着他们。霍尔上下打量了于勒一眼,嘴角边似乎闪过一丝冷笑,这让于勒感到浑身不自在。

弗兰斯把两个半块白手帕交给霍尔先生,并与他耳语了一阵。没想在弗兰斯的见证下,霍尔很大度地马上就同于勒办了别墅的转赠手续,并把别墅大门的钥匙交给了于勒。

霍尔对于勒说:"年轻人,从现在开始,这栋别墅就是你的了。不过,请记住我们刚才签过的转赠合同上的规定,你不准把别墅卖掉,也不准随意乱动和拍卖别墅里的任何物品,否则我会将别墅收回去的。"

顿了顿,霍尔又对于勒说:"年轻人,无论将来遇到什么情况,记住,我给你的忠告是千万不要贪心。"随后,他就非常爽快地离开了别墅。

于勒做梦也没有想到,就这么短短一刻,他竟从一个身无分文的穷光蛋,摇身变成了拥有这栋豪华别墅的大富翁,这怎么不让他兴奋异常?于是,他到别墅的酒窖里去拿了一瓶酒来,打开就喝,直到喝得有些飘飘然了,才突然觉得自己应该先好好把别墅里的每一个地方都仔仔细细地参观一下,于是便一层楼一层楼地看了起来。

在二楼卧室里,于勒看到墙上挂着一幅画,画上是一位十八世纪的将军。于勒突然想起,就在刚才在来别墅的路上,弗兰斯曾对他说起过这幅二楼卧室里的画,说画上的男人就是当年建造这栋别墅的老霍尔伯爵。

可不知怎么,于勒越看越觉得这幅画挂在卧室里有一种阴森森的感觉,他决定把它移走。他心想:反正霍尔先生连别墅都给我了,难道还会在乎这幅画吗?这么一想,他就动手去摘画。

谁知费了九牛二虎之力,那画就像粘在墙上似的根本摘不下来,于勒气得猛一挥拳,砸在画上老霍尔伯爵的手腕上。没料这一砸却砸出了奇迹,只听"咯吱"一声,整幅画突然慢慢缩进墙里,接着,这堵墙就徐徐向墙的内侧转起来。天哪!这幅画的背后居然是一个密室,画上老霍尔伯爵的手腕,恰恰就是开启密室暗门的机关所在。

于勒以前听人说过,这种老别墅一旦设有密室,那么密室里藏的大多都是珠宝。他的心不禁"怦怦怦"地狂跳起来,赶紧去找来一盏照明灯,然后举着它,顺着台阶一步一步朝密室深处走去。

走下台阶,拐了两个弯,出现在于勒眼前的是一间大屋子。于勒惊讶地发现,屋子中央放着十多只铁箱,数一数,其中除了五只没有上锁,其余的都分别被大铁锁牢牢锁着。

于勒好奇地走过去,把那五只没有上锁的铁箱一只只打开,可里面空空如也,什么东西也没有。他于是又试着去推那些带锁的铁箱,发现每只箱子都很重,根本推不动。

眼睁睁看着铁箱里的东西拿不出来,于勒在密室里急得团团转。他眉眼一转,急忙四下找工具,用它们来撬铁箱,可不管他使出多大的力气,不管他尝试用什么办法来撬,铁箱上的大铁锁就是纹丝不动。怎么办呢?于勒一时没了辙。

就在这个时候,于勒身后突然响起一阵清脆的脚步声,他回头一看,发现来的竟是律师弗兰斯。

弗兰斯笑着拍拍于勒的肩,说:"年轻人,没想到你这么快就发现了这个密室,真是不简单哪!如果有兴趣的话,请允许我给你讲一段故事。不过……"他环眼四下一看,对于勒说,"这里可实在不是讲故事的地方。对了,霍尔先生留在这里的咖啡味道美极了,我们去尝尝,怎么样?"说罢,他不由分说带着于勒就出了密室,拐过两个弯,走上台阶,来到别墅一楼的书房里。他给于勒和自己各冲了一杯咖啡,然后和于勒面对面地坐下来,一边喝着咖啡,一边给于勒讲起了一个年代久远而又富于传奇色彩的故事。

原来,当年的老霍尔是国王的女婿,其身份和地位显赫一时。然而有一次,老霍尔在风月场上遇到一个年轻貌美的舞女,她的名字叫奥思古斯,老霍尔和奥思古斯一见倾心,两人很快就坠入情网,可老霍尔碍于身份,他只能和奥思古斯小姐在暗中悄悄来往。

不久,奥思古斯为老霍尔生下了一个聪明可爱的儿子,但他们的恋情也因此被发现。老国王立刻要下令治老霍尔的罪,还要派人去捉拿奥思古斯母子,老霍尔闻讯,就赶在老国王下手之前,派人给奥思古斯送去一笔钱,并把她们母子转移到一个安全地方躲起来。事后,恼羞成怒的老国王因为抓不到人,便将老霍尔流放到边疆,奥思古斯母子从此也没了踪影。

数十年之后,老霍尔从边疆回来,特意建了这栋别墅,他把自己毕生积攒的金银珠宝分装在十五只铁箱里,存放在别墅的密室中。临终前他留下遗嘱,规定自己的后人每一代只能继承十五箱珠宝中的一箱,直到继承完了为止。

在遗嘱里,老霍尔还做了一个奇怪的规定,那就是:子孙后代在继承这些珠宝的同时,必须要去认真寻找老霍尔和奥思古斯所生的儿子及其后人,并将别墅和珠宝的继承权暂时转交给他们;所谓暂时,就是仅此一代,否则他自己的继承权就将被剥夺。

老霍尔留下遗嘱后不久就去世了,于是从弗兰斯的曾祖父起,老霍尔家族成员就一代一代成为了老霍尔遗嘱的忠实继承人和执行者。到现在戴德·霍尔这一代,已经是第五代了,霍尔正是在用他独特的办法,实现老霍尔的遗愿,因为经过律师弗兰斯查实,于勒不但是奥思古斯小姐的后人,而且还是唯一,所以霍尔非常爽快就把别墅钥匙交给了他。

不过弗兰斯又告诉于勒,他只可以拥有这一代的继承权。也就是说,在于勒离开人世后,别墅的继承权将重新交回到霍尔先生或者他后人手上。

至于那块白手帕,则是当年老霍尔与奥思古斯母子分开时的信物,老霍尔故意把它一剪两半,约定作为日后再相见的凭证……

弗兰斯讲到这里,从口袋里掏出一把有些发旧的铜钥匙,递给于勒,深有感触地说:"年轻人,拿上这把钥匙,取走属于你的那份财富吧,这些珠宝足够你享用一辈子了。赶快离开吧,这里不属于你。最后,祝你好运!"说完,弗兰斯便起身夹起公文包,快步离开了别墅。

　　而于勒呢,拿着这把弗兰斯给他的铜钥匙,又再次去了密室。他用这把铜钥匙顺利打开了第六只铁箱,当满箱子的珠宝一下呈现在眼前的时候,他兴奋得手舞足蹈。

　　随后,于勒找来一只大口袋,小心翼翼地将铁箱里的这些珠宝装进去。装啊装啊,他猛地发现珠宝堆里有一顶皇冠,是用黄金做的,上面还镶满了各色宝石,冠顶上那颗硕大的钻石,在黑暗中显得特别璀璨夺目。

　　于勒猜想这顶皇冠一定价值连城,就伸出两只手去,打算将它轻轻托起,然而皇冠却纹丝不动。于勒不由感到奇怪,用力又试了几次,还是不动。

　　于勒想了想,又试着去转,皇冠果然随之动了。可就在这时,密室四周的墙壁突然剧烈地颤动起来,紧接着屋顶就突然塌裂开了,巨大的石块轰轰隆隆地直向于勒身上猛砸下来,可怜的他还没来得及弄明白是怎么回事,就眼前一黑什么也不知道了。

　　数天后,工人们清理完已经成为废墟的密室,从里面抬出了于勒的尸体。警方经过调查,最终结论是:于勒的死是由于密室年久失修,因而造成突然坍塌,这纯粹是一起意外事故。

　　而与此同时,在别墅的另一个房间里,弗兰斯律师正在盘问霍尔。

　　霍尔被问得不耐烦了,大声道:"好啦,弗兰斯先生,你不是想知道事情的真相吗? 我可以告诉你! 当年,我曾祖母为了报复那个可恶的舞女,于是就买通工匠在密室里设下机关,只要转动皇冠,密室的顶就会突然坍塌。谁叫那个年轻人这么贪心? 不过,他的死与我毫不相干。"

　　"真的吗?"弗兰斯冷笑道,"霍尔先生,要是我没猜错的话,其实您早就知道这个机关的秘密了。可是您为什么不事先就告诉于勒呢? 原因很简单,如果他一死,最大的受益人就是您,您不仅能够提前拿回老霍尔的继承权,而且还可以侵吞于勒的那一份遗产。所以说,您虽然没有直接杀死于勒,但从理论上讲,您是杀他的凶手之一。"

霍尔一听,"嘿嘿"冷笑道:"好,就算你说得对,可是有一点你别忘了! 当年,你的曾祖父也是被我曾祖母收买了去的。正是由于你曾祖父提前提供了那份遗嘱的内容,我曾祖母才会设计出这个时间跨度两百多年的复仇计划。如此说来,你的曾祖父也是杀人凶手喽?"

弗兰斯不知道自己是如何走出别墅的,此时他的心情真是糟透了,因为曾祖父临终前一再叮嘱,希望自己的后人能保护好奥思古斯小姐的后代,可谁料,一个鲜活的生命就这样被无辜地结束了。

想到这儿,弗兰斯拍拍胸口那支刚才录了霍尔讲话的录音笔,在心里对自己说:"我一定要把它作为证据去起诉霍尔,为死去的于勒讨回公道。"

弗兰斯钻进停在别墅门口的汽车,加大油门,快速向警察局驶去……

(王祥辉)

(题图:佐 夫)

妙 不 可 言

这个世界，往往因"误会"和"巧合"的化学作用而给人带来意外之喜。

今晚八点十五分

比尔是一家大公司的老板,年轻英俊,聪明能干,深得公司员工拥戴。他手下有个秘书班子,班子里有两位年轻的小姐,波拉和南希,都是比尔得力的助手。

这段时间,公司上下几乎人人都知道,老板比尔要提升两位女秘书中的一位,波拉或南希为秘书班子的负责人。据说因为比尔将要外出一段时间,离开之前,他想要办好这件事。

于是,波拉和南希之间的关系突然就变得微妙起来,南希似乎还和从前一样,可波拉却暗暗和南希较上了劲。

波拉心想:既然是从我们两个中提升一个,机会来了,自己为什么不牢牢把握呢?而且这个职位确实值得追求,在公司里既有令人称羡的地位,又有丰厚的薪水,而且来来往往接待的都是有头有脸的人物,他们有修养有情趣,说不准什么时候还会给自己送上一束鲜花,留下一瓶香水。当然啰,还有一个原因波拉对谁都没有说,那就是她喜欢比尔。

波拉打定主意,一定要把南希比下去,于是她对工作更主动了,处处设法讨比尔喜欢,有时候比尔让南希做什么,波拉都把它揽到自己身上。

这天,比尔走到南希跟前,轻声问她:"怎么样,飞机票能搞到吗?时间确实急了一点。"

南希显得挺为难,对比尔说:"是呀,我找了好几个人,都说时间太紧,没办法。要不就考虑改期吧,再推迟几天不也一样?"

比尔听了向南希耸耸肩,无可奈何地点了点头。在场的人谁都看得出来,比尔显得有些失望。

这时候,机敏的波拉立刻站起来对比尔说:"请让我去试试吧!"

随后,办公室里就响起了波拉自信而果断的声音:"听着,我才不在乎你不得不取消谁的预订票……"波拉把电话直接打到了机场票务处。

说到波拉的办事能力,办公室里人人折服,就连那些身高马大的先生们也个个自叹不如。不过,波拉有时候也会要些小花招,只要那些无名小卒来找她办事,她总是说"没空",若是对方缠紧了,她就会挺客气地推诿:"不行啊,要不你们去求求南希吧!"如此,波拉就能腾出足够的时间来处理比尔交办的事情。所以在比尔眼里,波拉永远都不会有完不成的任务。

至于南希,在波拉的眼里,她除了长着一头漂亮的金发,会坐在那儿打字,除此之外还能干别的什么呢?南希似乎生来就学不会使自己更受老板欢迎的那些花招。

可不是嘛,波拉就是能干,一个小时之后,对方竟然把票给波拉送来了。

波拉得意地走进比尔的办公室,比尔问:"有消息了?"

波拉递上一个纸袋,里面装着两张本来应该是由南希去预订的机票。她极有分寸地提醒比尔说:"请别忘了时间,今晚八点十五分的航班。"

"非常感谢!"比尔一边惊喜地从纸袋里抽出那两张机票来看,一边高兴地起身,对波拉说,"祝贺你! 我决定了,提升你做我秘书班子的负责人;至于薪水,我会加倍给你。并且,我将立即在公司宣布我的这一任命!"

"真的?"期盼已久的任命一旦真的来了,波拉显得非常激动。她拼命克制住自己,对比尔说,"谢谢! 比尔先生,非常感谢您对我工作才能的赏识。同时,我也为我的同事南希感到遗憾。"

比尔一听大笑起来,朝波拉摆摆手,说:"这没什么,你不必为南希担心。不管怎样,南希生来就不是当秘书的料。"

波拉一愣,不明白比尔这么说是什么意思。

比尔指指机票,笑着对波拉解释:"不瞒你说,我和南希要去度蜜月,就是坐今晚八点十五分的这个航班。"

(蓝　乐　改编)

(题图:箭　中)

化装舞会

马克先生和太太要去朋友家参加化装舞会,可临出门时,马克太太突然觉得身体有点不舒服,马克先生只好自己独自前往。

可是马克先生走后不久,马克太太就觉得身体好了一点,她想给马克先生一个惊喜,于是特意换上一套马克先生从没见过的装束,赶去了朋友家。

谁想马克太太刚下舞池,就发现马克先生正在和别的女人打情骂俏,马克太太不禁妒火中烧。她想了想,走到马克先生面前,装作不认识的样子,娇声娇气地向他投怀送抱,最后还把他引到后面花园里去尽情风流了一回。

马克太太对自己耍的这个计谋非常得意,准备借此回去好好质问马克先生一番。马克太太是过了午夜才回的家,而马克先生直到凌晨三点才回来。

于是,马克太太话中有话地问马克先生:"今晚舞会开得怎么样?"

马克先生摇摇头说:"一点儿也不好玩。"

"不好玩?"马克太太问他,"既然不好玩,那你为什么还这么晚回来?你在那儿究竟干了些什么?"

在马克太太的再三追问下,马克先生只好小心翼翼地说了实话:"老实告诉你吧,我的几个朋友这次都没有带太太来,所以我们就去隔壁书房玩牌了。不过……不过我输得并不多。"

"你整个晚上都在打牌?"马克太太尖叫起来。

"是的。"马克先生说,"我把自己的服装和面具都借给人家了,那家伙是个舞迷。舞会结束的时候,他倒是大大向我夸口,说这是他有生以来参加过的一次最美妙的舞会。"

(小 颖)

(**题图**:土 人)

小 耗 子

　　沃勒今年虽然十八岁了，但坐火车却还是头一回，再加上生性害羞，所以从走进车厢那一刻起，他心里便充满了不安。

　　沃勒拿着车票找到自己的座位，见旁边已经坐着一位小姐，看上去年龄和他差不多。火车驶出车站后，沃勒四下一看，这才发现整个车厢就他和小姐两个人，顿时紧张得连两只手都不知往哪儿放了。

　　也真是凑巧，就在此时，不知从哪里窜出一只小耗子，鬼鬼祟祟地溜过来，正好被沃勒撞见。沃勒朝小耗子吹胡子瞪眼，可无济于事，不得已，他只好狠狠踩一脚，小耗子这才"吱溜"跑了。

　　可谁知，就在沃勒刚松口气的时候，那小耗子却突然又窜出来，一下钻进了沃勒的衣服里。沃勒又是踩脚又是晃身，揉捏抓赶什么法子都用上了，可小耗子仍然在他衣服里上窜下跳。

这个时候，沃勒只要脱下衣服，就可以轻而易举地把小耗子赶跑，可一想到在小姐面前脱衣服，他就紧张得面红耳赤，心跳加速。而那位小姐，此刻正在闭目养神，好像根本就没有注意到沃勒的异常举动。

怎么办呢？沃勒突然灵机一动有了主意，他将车厢内的小地毯和窗帘拉到车厢一角，这就好比临时搭起了一个"更衣室"，然后三下五除二迅速脱去衣服。

小耗子本来在沃勒的衣服里也显得有点躁，因为毕竟天地太小，现在一下解了禁，于是就疯狂乱窜。沃勒没提防它这一着，两只手一松，本来紧紧拉在手里的小地毯和窗帘就立刻向两边滑开去，只听"噗"一声，沃勒立刻赤身暴露在了小姐面前。

"先生，怎么啦？"小姐猛地睁开了眼睛。

说时迟、那时快，沃勒也不知哪来这么快的反应，马上以比小耗子还迅疾的速度，抓起窗帘遮住了自己的身体，他脸涨得通红，一直红到了脖颈，嘴里支支吾吾地不知在说什么。

然而，那位小姐却不声不响地看着他。

沃勒心想：糟糕，小姐现在心里一定在猜测，甚至怀疑我对她不怀好意。想到这一层，沃勒不禁有些气短起来，立刻向小姐解释说："我……我可能感冒了。"

"感冒了？真的吗？很抱歉。"小姐回答说，"我正想问您，现在是不是能把窗子打开呢？"

"我……我……我喜欢这种空气。"沃勒一边说，一边却紧张得身子直抖，因为他怕小姐坚持要他开窗，而他现在正赤裸着上身躲在窗帘布里。

还好，小姐是个和气且热情的人，她笑着对沃勒说："我箱子里有白兰地，您可以喝点儿。"

沃勒赶紧摇手："谢谢，谢谢！不过，我从来不喝那东西。"

小姐说："好吧,那我就不勉强您了。"随后就不再说话。

沃勒觉得自己不能老这样躲着,他心里有些犹豫:我是不是就告诉小姐真相呢? 他想了想,大着胆子开口道:"小姐,您害怕耗子吗?"

小姐皱皱眉,回答说:"不害怕,除非它们成群结队地跑来……可是先生,您为什么要这么问我呢?"

沃勒轻声说:"是这样的,小姐,刚才有一只小耗子钻进了我的衣服。要知道,这是一件很尴尬的事儿。"

"嗨呀!"小姐"咯咯咯"地笑了起来,"不管您衣服穿得怎么齐整,耗子总是喜欢钻舒适的地方。那么,它现在还在您身上?"

"不不不,刚才您睡着时,我已经把它弄出来了。"沃勒深吸一口气说,"就是为了把它弄出来,我才……才成这个样子的。"

"啊! 为了一只小耗子感冒? 不值! 不值啊!"显然,小姐是看出了沃勒的尴尬处境,在取笑他。

顿时,沃勒的血液全涌到了脸上,他觉得这比耗子在自己身上乱窜还要难受。所以当火车终于到达终点时,沃勒根本不敢看小姐一眼,他打算等车一停稳就迅速穿衣下去,彻底摆脱自己尴尬的处境。然而,这已经不可能了,因为小姐正睁着一双大眼睛紧紧地盯着沃勒,然后开口道:"先生,您能过来一下吗?"

沃勒一听慌了,紧张得心要从胸膛里跳出来,他不顾一切地掀开遮在身上的窗帘,把散落在地上的衣服往身上一套。巧的是,火车几乎就在同时停了下来。

沃勒拔腿就要下车,只听小姐又向他开口道:"先生,您能帮我找一个搬运工吗? 很抱歉,在您感冒生病时我还要来麻烦您。但对于一个盲人来说,这种时候是非常需要帮助的。"

沃勒一听小姐这话,愣住了……

（青　闯　编译）

（题图:箭　中）

沉睡的人

　　这天,有一个年轻人正在通往小镇的路上兴冲冲地走着,他的名字叫贝克,是去镇上替自己找一份工作的。可是这天的天气又闷又热,他走了大半天实在太累了,于是就擦了擦满头的汗水,找了个阴凉的地方躺下来,想稍稍休息会儿。

　　可贝克躺下不多会儿,竟熟睡了过去。就在这当儿,一辆华丽的马车奔来,在经过贝克身边的时候,车子突然出了故障,"嘎"地停下了。

　　车夫修车的时候,车上一位年长的绅士和他的妻子走下车来,看到贝克躺在地上睡得那么熟,绅士不由对他妻子叹了一声:"瞧这孩子,睡得多沉! 要是我也能像他这样无忧无虑地睡一会儿,该有多好。"

绅士的妻子深情地看一眼贝克,感慨说:"哎呀,看这孩子,多像咱们心爱的儿子呀!我能叫醒他吗?"

绅士朝妻子摆摆手:"哦,咱们先别惊动他,这孩子一定是太累了,让他好好睡吧!况且,咱们还不知道他是谁呢。"

"看他的脸儿,"妻子喃喃道,"那么天真无邪,可真像咱们的儿子呀!"

这个绅士很富有,可遗憾的是,他唯一的儿子一年前不幸生病死了。如果贝克此时醒来,这绅士或许会认他做自己的儿子,并让贝克继承家产,可是贝克始终没醒。

反而是马车夫很快就把车修好了,绅士夫妻俩只好留恋地望一眼贝克,上车走了。

过了几分钟,又有一位美丽的姑娘踏着欢快的步子走过来,她也瞧见了贝克。天哪,一只大马蜂此时正"嗡嗡嗡"地在贝克头上飞来飞去,姑娘不由掏出手帕在贝克头上挥舞,把马蜂赶走。

也就在这时,姑娘的一颗芳心突然像小鹿般"怦怦"直跳起来,因为她发现贝克长得多英俊啊!可遗憾的是,贝克这时候仍然熟睡着,姑娘只好怏怏地走了。如果贝克此时醒来,也许就能和姑娘认识甚至结亲,要知道,这姑娘的父亲可是个大百货商哩!

姑娘刚走,又有两个帽檐拉到眉梢的强盗悄悄溜了过来,他们看见贝克躺在这里睡得这么熟,歹念顿时涌上心头。

一个强盗说:"也许这小子身上有钱。"

另一个强盗于是就从腰里拔出一把锋利的匕首,朝贝克一步步逼近过去。

两个强盗异口同声地说:"摸摸看,如果他醒了,就用这个对付他!"

他们正准备下手,这时,有一条狗跑了过来。

一个强盗嘀咕说:"不行,慢点动手,狗主人可能就在附近。"

另一个强盗连连点头:"小心为妙,我们还是赶快走的好!"

于是,这两个强盗说走就走了。

正在这时,又一辆马车过来了,"隆隆"的声响终于把贝克惊醒过来。贝克从地上跳起来,和马车主人打了个招呼,随后就跳上马车,很快消失在了茫茫烟尘之中……

贝克根本无从知道,在他熟睡时周围发生的一切幸运和险象。可这又有什么呢,世上谁不是如此?

（龚　昊　改编）

（题图:安玉民）

你看我,我看你

　　这天早上,卡恩先生那艘满载外星球奇异生物的猎奇号飞船,再次来到了地球,降临在风光秀丽的澳大利亚草原,进行它一年一度的访问。草原上早就人如潮涌,看到飞船的舱盖慢慢升起,接着又看到一个盖着帆布的巨大钢笼,全场掌声雷动……

　　"大家好!"身着五彩披风的卡恩先生笑眯眯地向人们挥手致意,"我们经历了千辛万苦,穿越遥远的空间,终于把外星球上的客人们请来了。现在,各位只需花十美元,就能够近距离一睹他们的风采……"

　　随着卡恩先生热情的介绍,这时候钢笼的帆布盖被揭开了,立刻,外星球上千奇百怪的景象映入了人们的眼帘:金星上的动物都是蓝颜色的,长着兔子般的长耳朵,走路用三条腿;火星上的怪人身体像章鱼一样柔软;最奇异的是卡马星系蜘蛛人,长着袋鼠一样的头,颈部细长,身上有六条腿,一面在嘴里发出奇怪的声音,一面瞪着褐色的眼睛,好奇地四处张望……

如此奇异的景象,真是连科幻小说作家都难以想象啊!激动又好奇的人们立刻纷纷把钱塞进卡恩先生手里,依次排队去钢笼前,近距离观看这些可爱的生灵。于是一连数天,不管在哪里,猎奇号飞船每到一处,都能引来成千上万人的参观。

几个月后,猎奇号飞船在经历了五个星球的历程后,终于降落在了坑坑洼洼的卡马星球上,那些蜘蛛人快活地跳下飞船,和卡恩先生告别,奔回自己修筑精巧的地洞之家。

一个地洞里,母蜘蛛人愉快地拥抱她刚刚旅行归来的孩子:"嘿,杰尼,这次星际旅行开心吗?"

被叫做杰尼的小家伙显然很高兴,他偎依在母蜘蛛人怀里,神采飞扬地说:"好极了,妈妈,我们参观了五个星球,看见了许多长相奇特的外星人。"

"哦?"母蜘蛛人饶有兴致地问道,"他们的长相一定很奇怪吧?"

"是的,是的!"杰尼兴奋地回答说,"在一个被叫做地球的地方,生活着很多用两条腿走路的怪人。这还不算,他们居然还用一些奇怪的东西裹住身子,那多不自在啊!"

母蜘蛛人一听,立刻惊叫起来:"怎么有这么奇怪的事情?真有趣!嘿呀,要不是这次收费太高,我也真想去那里看看,你说的地球,我想一定是一个非常有趣的动物园!"

(龚　昊　改编)

(题图:箭　中)

马 失 前 蹄

再天衣无缝的犯罪，也有功亏一篑的可能；再身手高明的罪犯，也有马失前蹄的一天。

天衣无缝

　　克莱恩曾经是一个地地道道的恶棍，而且穷困潦倒，可后来却一下子暴富起来，成了腰缠万贯的大亨。自从有了钱之后，克莱恩便把家迁往一个偏僻小镇，在那里过起了自由自在的上等人生活。

　　克莱恩很喜欢出游，经常一去就是数月，甚至半年。这回，他去了一趟南美洲，四个月之后才回来。

　　刚踏进家门，仆人就告诉克莱恩说，在他走后不久，就有一个自称是他老朋友的人来找他，并且天天来这里等他，现在那人正坐在楼上的小客厅里，在与他的妻子聊天。

　　克莱恩听了心里觉得奇怪：这个人会是谁呢？他心怀疑虑地上楼，果然看到有个穿着普通的中年男子正背对他坐着，在和妻子说话。

妻子看到克莱恩回来,高兴地扑上来说:"亲爱的,你总算回来了!快看看,是谁来了?"她一边说,一边指指坐在沙发上的中年男子。

中年男子此时已经从沙发上站起身来,可是当他转过脸来时,克莱恩脸上却突然闪过一丝惊恐之色:"你是汉……"

"没错,老兄,我是汉斯。"中年男子朝克莱恩微微一笑。

克莱恩浑身僵住了。

这个名叫汉斯的中年男子,的确是克莱恩的老朋友,早在二十年前他们就认识了,两个人臭味相投,曾在一起干过不少见不得人的事。最严重的一次,是两个人去抢银行里的运钞车,这也正是克莱恩后来暴富的原因,但汉斯却因此进了监狱,不过汉斯并没有把克莱恩供出来,而是自己一个人坐了二十年大牢。

克莱恩本以为自己搬到偏僻小镇,这辈子应该再也不会见到汉斯了,没想现在汉斯竟大模大样地站在他面前。克莱恩只好挥挥手把妻子打发走,然后在汉斯面前坐了下来。

汉斯大发雷霆,把克莱恩臭骂一通,说他是忘恩负义的小人。汉斯说,他现在来找克莱恩,就是要一大笔钱,作为他这二十年坐牢的补偿。他警告克莱恩,如果不答应这个条件,那就让克莱恩也去尝尝坐二十年牢的滋味。

克莱恩心里明白:即便是把自己所有的钱都给了汉斯,也难保汉斯不会把他们一起去抢劫银行的事说出去,到头来自己还是会落得个坐牢的下场。最好的办法,就是让汉斯永远闭上嘴巴。

但克莱恩表面上一点不露声色,他笑着对汉斯说:"好吧,我答应你,这确实是你该得的。不过,我一时哪有这么多钱?你给我三天时间吧,到时候我一定把钱给你送去。"

汉斯怀疑地看着克莱恩,鼻子里"哼"了一声,说:"你可别给我要花招,三天后你要不把钱送来,以后就别想太平!"顿了顿,他又朝克莱恩一伸手,说,"你现在得先给我些钱,我住在镇上的比利客店,已经三个月没付房租了。"

"兄弟,我刚回来,口袋里没剩几个子儿。你放心,三天后我一定把钱给你送去,到时候你再还房租也来得及。凭咱俩多年的交情,我哪能骗你?"克莱恩不想在一个快要被闭嘴了的人身上花任何钱。

转眼就到了第三天。那晚,克莱恩换了一身外套,又在脸上贴上假胡须,头上戴顶鸭舌帽,乔装一番之后,提了一个黑色的箱子,从后门悄悄溜了出去。

克莱恩很快来到镇上的比利客店,客店老板娘是一个泼辣女子,此时她做梦也不会想到,眼前这个大胡子就是她平时认识的衣冠楚楚的克莱恩。老板娘一听大胡子说找汉斯,嘴一撇算是指了方向,没给他好脸色。

克莱恩心里暗自好笑,来到汉斯房间后,当他把手里那个黑箱子打开,把里面的钱一捆一捆摆在汉斯面前时,汉斯忍不住乐得眉开眼笑。

克莱恩从衣袋里掏出两支雪茄,点燃了,递给汉斯一支,说:"兄弟,现在你可以放心了吧?抽支烟,提提神,好好盘算盘算怎么用这些钱吧……喔,我进去方便一下。"他说罢,就一头朝卫生间冲去。

等克莱恩从卫生间出来,汉斯已经昏倒在了地上,因为克莱恩刚才给汉斯抽的那支雪茄,事先已经在里面放了麻醉粉。

现在,克莱思要考虑的是:用什么方式来解决掉汉斯。

汉斯包下的这个客房,是比利客店里最豪华的套房,房间里配置了家庭生活的全套设施和用品。为了制造假象,克莱恩从口袋里掏出事先准备好的手套戴上,然后从酒柜里拿了一瓶烈性酒和一个玻璃杯,将烈性酒灌进汉斯的嘴巴,又留了一点在杯子里,再让汉斯的手在酒瓶和酒杯上留下指纹,随后就把他拖进卫生间里的双人浴缸里,头朝下按着,拧开了水龙头。不过克莱恩把水龙头里的水放得很小,这样就可以让汉斯在身体被水浮起来之前就先闷死在水里,估计不消二十分钟,汉斯就会悄无声息地离开这个世界,从此就再也不会对克莱恩造成什么威胁了。

做完这一切后,克莱恩从卫生间里拿了块毛巾,倒着步子走出来,将自己留在地上的脚印擦干净,直到退出客房。这一切,他做得那么天衣无缝,他相信自己绝对不会在现场留下任何蛛丝马迹,警察们一定会认为汉斯是喝多了酒,才会不小心在洗澡的时候被淹死。再说了,警察似乎也犯不着去为一个来历不明的流浪汉大费心机。

克莱恩重新提着那个黑色的箱子下楼,当走过老板娘身边的时候,他似乎突然想起了什么,匆匆打开箱子,从里面抽出几张钞票递给老板娘,然后迅速扣上箱盖,对老板娘说:“我刚才在楼上跟我的朋友谈完一笔生意,他有些疲劳,说要洗个澡,然后睡个好觉,所以请不要去打扰他,有什么事情明天再对他说。”

但是克莱恩刚才匆匆打开箱子给老板娘拿钱的时候,老板娘已经瞥见箱子里放的是什么了,所以接过钱之后,她就对克莱恩说:“先生,知道吗? 您楼上的这个朋友,欠了我三个月的房租,那可不是一个小数目……”

克莱恩听了把脸一沉,瞪着眼睛警告老板娘说:“夫人,要知道,得寸进尺可不是什么好事!”说完,提着箱子走出了客店。

克莱恩没有直接回家,而是去了一个废弃的地窖,他已经事先在这里准备了给自己替换的衣服和鞋袜,以及另一只同样款式的黑色钱箱。他把所有可能引起警方怀疑的东西全部烧成了灰,然后才抄小路从后门回到了家里。幸运的是,他在干所有这一切的时候,没有碰到任何人,这让他大大地松了一口气。

第二天一大早,克莱恩就来到了街上,虽然此时汉斯应该已经去见上帝了,但克莱恩还是想确认一下。他故作悠闲地在大街上走着,亲热地与路人打招呼,当快要走到比利客店时,突然他发现警长正迎面走来,不由心里一惊。为了不至于引起警长的怀疑,克莱恩只好硬着头皮走上去。

两人见面后互相寒暄了几句,克莱恩发现警长原来是在街心花园锻炼身体后跑步回去经过这里的,紧绷的心这才松弛下来。

可就在这时,只见比利客店的门"咣当"一下被撞开了,老板娘神情慌张地从里面冲出来,一眼看到警长,就像看到救星一样嚷嚷起来:"警长先生,不好啦,我……我不得不打扰您一下,您……"

"夫人,请不要紧张,慢慢说,到底发生什么事情了?"警长和颜悦色地问道。

站在一旁的克莱恩心中暗自窃笑,从老板娘恐惧的表情中,他断定自己的计划已经成功了。

只见老板娘定了定神,对警长说:"警长先生,我刚才上楼去向一个房客收房租,他在我这儿住三个月了,却没给过我一个子儿。我敲了好长时间的门,里面始终没有动静,我以为那家伙跑了,就叫人去把门撞开,没想进去一看,满屋子都是酒味,那房客竟一动不动地趴在卫生间的浴缸边上……"

"他死了吗?"克莱恩着急地问,但话一出口他就马上后悔了,这个问题该由警长问才对呀。

老板娘瞥了克莱恩一眼,结结巴巴地对警长说:"警长先生,我……我可没有逼他,您不知道,房……房间里满是……酒味儿,他会不会是因为喝……喝太多了,才……"

"那好吧,我们一起去看看。"警长打断了老板娘的话,抬腿走进了比利客店。

克莱恩忍不住跟了进去,脸上闪过一丝难以察觉的微笑。

上楼的时候,警长问老板娘:"这位房客叫什么名字?登记了吗?"

老板娘鸡啄米似的点头:"怎么会不登记呢?他叫汉斯,不用查我也记得住他的名字。对了,警长先生,我还要说件事儿,昨天晚上,有个人说是这房客的朋友,来找他谈生意,临走时还塞了点钱给我,叫我晚上别去打扰他……我看到,这朋友的手提箱里都是钱……"

克莱恩一听老板娘这么对警长说,心跳突然加快起来:该死,难道这娘们发现什么了?再想想:不可能呀,如果真是那样,她怎么会当着我的面对警长说这话呢?

其实克莱恩完全忘记了,他昨天是乔装去的比利客店,老板娘现在怎么可能认出他来?

这时,老板娘还在喋喋不休地对警长说:"警长先生,那家伙要真有钱和他朋友谈生意,干吗不爽爽快快付我房钱呢?这不明摆着是存心赖账吗?哼,我也有法子对付他,我……"

"你有什么法子?"克莱思迫不及待地追问道。

老板娘得意地说:"哼,他朋友前脚刚出门,我立刻就把他房间里的供水阀门给拧死了。他朋友走的时候说他在洗澡,我就想教训他一下……啊!"

老板娘说到这儿,突然朝克莱恩惊叫起来:"先生,您怎么啦?"

只见克莱恩此时两只手捂着胸口,已经倒在了地上……

（未　精）

（题图:魏忠善）

法庭判她无罪

　　伊莎和杰克结婚半年多,两人过着幸福平静的生活。

　　这天一早,伊莎醒过来,看到杰克睡得正香,就打算先到厨房去准备早点。可是就在快要走出房门的时候,她突然发现阳台上的兰花碎落了一地。

　　伊莎走过去想看个明白:这兰花开得正浓,昨晚还好好的,怎么今天早晨说谢就谢了呢?但就在这时,杰克醒了,在床上伸着懒腰问伊莎:"亲爱的,你昨天半夜里跑到阳台上去把兰花给撕碎,到底是为了什么?"

　　伊莎听他这么问,惊愕极了:"什么?杰克,你说那兰花是我给撕的?"

　　杰克很认真地说:"是啊,亲爱的,当时你还喊醒我,在我耳边说,等到今天早上就告诉我撕兰花时的一个伟大发现。现在,你可以告诉我了吧?"

"杰克,你是不是病了?"伊莎摸了一下杰克的额头,"或者是……你做梦了?"

"我做梦? 亲爱的,你的确撕了那盆兰花,"杰克眼睛往床上一溜,随手捡起一瓣兰花,对伊莎说,"当然,也可能你是梦游,所以连自己都不知道。"

伊莎被杰克这么一说,心里又惊又困惑。因为这一夜她睡得很熟,连梦都没有做过,再说又从来没有过梦游的经历,这是怎么回事呢?

伊莎想了好久也没想出个头绪来,索性不去想它了。她去厨房给杰克做了一盘甜心炸糕出来,拿一块塞进杰克嘴里,说:"亲爱的,还是让我们想想甜蜜的往事吧!"

杰克笑着点点头,可是刚想说什么,突然"哇噻"大叫起来:"这糕怎么这么咸哪?"他一边抱怨,一边使劲把嘴里的甜心炸糕往肚子里咽。

伊莎顿时愣住了:怎么可能? 这炸糕刚才在端出来之前她自己尝过一块,味道很甜呀。难道自己的味觉也出现了问题?

整整这一天,伊莎一直是在极度的困惑不安中度过的,因为她不知道自己到底哪里出了状况。杰克不断地安慰伊莎,说伊莎一定是因为最近比较辛苦的缘故,才导致这样失常的,只要休息一下就好了。当然啰,伊莎自己也希望是这样。

可是,让伊莎觉得不可思议的事情还在继续发生着。

第二天清晨,伊莎睁开眼睛刚准备起床,就发现床旁边的地板上躺着几条死金鱼,而桌上的鱼缸里空空如也。杰克站在旁边正准备清扫,看到伊莎醒来,连忙安慰说:"不要自责了,亲爱的,你不是故意要这么做的。"

伊莎真的不记得自己在夜里做过什么,她总觉得这几天自己睡得特别沉,甚至醒来后还有点头痛。面对杰克的劝慰,伊莎不知道说什么好,她心里又惊又恐。

更恐怖的是在第三天早晨,伊莎一睁开眼睛,就"哇"一声大叫起来。原来,她发现自己正把一把水果刀架在杰克的脖子上,杰克的脸上充满了恐惧的神色。

杰克颤抖着对伊莎说:"伊莎,亲爱的,镇定一点,我知道你不想这样的。"

伊莎慌得一把将手里的水果刀扔在地上,此刻,她身上已经惊出一身冷汗,吓得大哭起来:"我怎么会这样?杰克,我怎么会这样啊?原谅我,我实在不知道自己怎么会这样。"

"伊莎,亲爱的,我们要先去看一下医生了。"杰克轻轻地拍着伊莎的肩,希望她能安静下来,随即他就带着伊莎去了他们家庭医生的诊所。

医生为伊莎做了详细的检查。

诊断过后,医生看看伊莎,又看看杰克,耸耸肩,无奈地说:"杰克先生,您太太的嗅觉、味觉、视觉和听觉都出现了一点障碍,记忆也有些问题,发展下去,可能就要去精神病院治疗……"

伊莎一听,吓得不顾一切地拼命往外跑。

杰克一把抱住她,安慰说:"没事,亲爱的,我们回家去,一切都会好起来的。"

临走,杰克没忘记把医生的诊断书放进口袋。

把伊莎送回家后,杰克又去了一趟律师事务所,回来的时候,他已经有些掩饰不住心里的兴奋了。但也正是由于这兴奋,他竟然忘了贴邮票就把一封信塞进了邮箱。

两天后,伊莎在自家信箱里取出了杰克这封因为没有贴邮票而被退回的信,信封上的收信人一栏里,写着"露西"的名字。

伊莎好奇地将这封信拆开,只见杰克在信上写道:

露西：

　　我们的计划就要成功了，伊莎那个女人已经被我策划疯了。连我自己也不知道，我竟会是这样一个天才！伊莎已被诊断为精神有疾患，连她自己也开始相信自己真的是出问题了。

　　我是伊莎的监护人，等手续办好，她父亲留下的二千万美金就由我，不，由我们俩来共同支配了。亲爱的，我就快到你身边了！

　　吻你！

杰克

伊莎看完信，只觉得浑身冰冷，眼前天旋地转。

冷静下来以后，伊莎在杰克的抽屉里找到了半瓶安眠药，她想起这几天每天晚上临睡之前，自己喝的水都是杰克给她端来的，原来杰克早就在蓄谋对自己做手脚了。

伊莎把这一切都想清楚之后，就一声不吭地坐在沙发上，等杰克回来。

二十分钟以后，杰克到家了，可没想他刚一进门，一把锋利的水果刀就很准确地捅进了他的心窝口。

杰克惨叫一声："天哪，伊莎，你真的疯……"话没说完，就仰天倒了下去。

十天后，法庭因伊莎有精神疾患证明，判定她不承担责任。

（叶淦荣　改编）

（**题图**:箭　中）

霉运当头

巴德里和伯尔约是两个小偷，为了躲避警方，三个星期前他们逃到了孟买的海滨，而且贼心不死，依然干起了老勾当。

两人很快就对一座三层别墅发生了兴趣，经过整整七天的踩点探查，他们发现每天都有高级轿车从这座别墅的大门口进进出出，而且还常有工人用货车将体积庞大的金属箱搬进别墅里去。让他们更为兴奋的是，这七天中，有几位一向受人崇拜的电影明星也进出过这里。

不过让巴德里和伯尔约感到奇怪的是，昨天这里突然安静下来，两人一琢磨，肯定是别墅的主人出去度假了，于是决定抓紧时机，当晚就下手。

天完全黑下来了之后，巴德里和伯尔约果断地翻过铁栏杆，撬开窗子,进入了别墅。两人来到一个地面铺着大理石的房间,巴德里先用笔式电筒在房间里搜寻一遍,见一切正常,就招呼伯尔约开灯。

房间一下被灯光照得通亮,巴德里和伯尔约拼命睁大眼睛,贪婪地打量着这里的一切,精雕细刻的柚木沙发,闪闪发亮的巨型铜灯……伯尔约本来以为自己这辈子也算是走南闯北见识多了,可这些东西他真还是第一次见到。

巴德里笑着咂咂嘴,对伯尔约说:"老弟,我们交上好运啦!"

伯尔约兴奋得直点头:"是啊,这里的一切简直和电影里看到的一模一样。"

巴德里捅捅伯尔约:"瞧你的右边,老弟!"

伯尔约抬眼朝右边望去,只见那里立着一排壁柜,上面放着电视机和音响,还有造型各异的花瓶,精美的古董雕像,他喜欢得立刻扑了过去。

巴德里赶紧提醒他:"电视机和音响太重,那些小玩意儿或许更值钱!"

可是伯尔约并没有理会巴德里,他伸出手来,在涂漆得非常艳丽的护墙板上仔细地摸索,嘴里还自言自语:"我在电影里看到过,这玩意儿别看它是堵墙,弄不好是可以打开的,真正的宝贝说不定藏在里面呢!"

谁知他话音刚落,一块他正在用手触摸的护墙板竟真的"咔哒"一声分开了,里面露出一个保险箱来。

巴德里那双本来就鼓突的眼珠,这会儿简直要迸出来了,他立即从口袋里掏出一根细金属丝来,用它熟练地捅着保险箱上的锁眼,几乎没费什么周折就将门打开了。

这下可不得了,保险箱本来被塞得满满当当的,门一打开,那些黄灿灿的金币就立刻"哗啦啦"地一块块滚落下来。

这是巴德里和伯尔约有生以来看到的最为惊喜的一幕!两

个人的心立刻狂跳不已,他们连做梦都没有想到,自己一夜之间将成为真正的富翁。

极度兴奋过后,巴德里打开随身带来的两个麻袋,将其中一个递给伯尔约,说:"快,把那些古董装上。"

伯尔约不同意:"我们对古董一窍不通,要卖出去的话,说不定一下子就会被人家逮住。"他说着,随手提起放在壁柜里的一只小巧的黑色录像机,立刻惊喜万分地喊起来:"嘿!伙计,这玩意儿可轻了!"

巴德里凑上来一提,自嘲说:"这玩意儿好像是专门为我们做的嘛,这么轻便!"他吩咐伯尔约把古董和录像机都拿上,自己将保险箱里的金币迅速装进麻袋。

可就在这时,一阵刺耳的汽笛声突然划破了寂静的夜空,巴德里和伯尔约顿时吓得面无人色。

"有人来了,好像离这里很近。"伯尔约压低嗓门对巴德里说,"也许他们是看见灯光了。"

两人直到这时才发现,刚才由于太激动,竟然忘了把窗户上的百叶窗帘放下来。现在怎么办?两人想了想,决定用两只已经塞满了东西的麻袋把窗堵上,然后躲在麻袋后面听动静。

还好,那些人将车开过来之后,只是从车上下来进屋拿了点东西,马上就走了,好像根本就没在意房间里发生的变化,于是巴德里和伯尔约满载而归。

第二天一早,巴德里和伯尔约就迫不及待地扛着沉重的麻袋去交易市场。他们来到一个熟悉的老板那里,当打开麻袋时,他们满以为老板看到这些东西会向他们投来羡慕不已的眼光,并且发出令人咋舌的惊叹,可谁知老板一件件看过后,竟撇着嘴嘲笑他们说:"年轻人,一次搞到这么多玩意儿也真不容易!这一大堆金币,连同那些杂七杂八的东西,加起来顶多值二十八个卢比,嘿嘿,还不够你们俩上餐馆吃一顿哪!"

巴德里和伯尔约哪里肯信老板这话？都认为老板一定是在讹他们。可是后来一连走了几家，家家都这么说，这就不由他们不信了。

不过两人不死心，又暗中打听，这才知道原来那别墅以前确实是一个有钱人的，可现在已经租借给一家电影制片厂，供他们拍电影用了，所以别墅里的那些陈设，都是仿冒的道具而已。

（闻春国　编译）

（**题图：**李　加）

第一次抢劫

修车厂的机修工亨利是个好吃懒做的家伙,每个月的那些收入根本不能满足他对奢侈生活的欲望,因此他便开始策划抢劫银行。

这是一个星期五的下午,临近下班的时候,亨利戴着假发,穿着增高鞋,走进了一家银行。亨利之所以选择这一天的这个时候,是因为他知道这个时候银行里的人不会很多,每个人都急着想回家去过周末,银行里的警卫这时候也会比较松懈,而出纳的抽屉里却装满了钱。

由于是第一次下手,亨利尽管事先做了精心准备,可仍然有些紧张。他故作镇定地走过去,假装填写存款单,同时却悄悄地将眼睛朝四周扫了一圈,见营业窗口前只有一个女人在办理,心里放心多了。

营业窗口里的那个女出纳名叫珍妮,轮到亨利的时候,她扫了亨利一眼,懒洋洋地问:"你需要办什么?"

亨利没出声,把一张纸条送进窗口。

珍妮一看,两只眼睛突然瞪得溜圆。因为纸条上写着:这是持枪抢劫,你赶快把抽屉里所有的钱给我!

紧接着,亨利又从营业窗口里塞进去一个纸口袋,低声命令说:"快,不要按报警器。"他一说,一边拍拍身上穿的皮夹克口袋,"我可不想要你的命。"

珍妮只犹豫了一秒钟,就决定照亨利的话做,可能是因为她觉得,在歹徒的枪口之下,自己的生命是最重要的。所以她果断地按下密码,打开放现金的抽屉,把里面所有的钞票全都塞进了亨利给她的那个纸口袋。

慌乱中,有一张钞票飘落到了地上,珍妮连忙弯腰去捡,这当儿,她的头消失在了亨利的视线之中。

"你想干什么?"亨利警觉地呵斥一声,他担心珍妮会趁机去按报警器。

可是没有,珍妮马上就起身了,把钞票全部塞进纸袋后,她把纸袋卷起来递出窗口,颤抖着给亨利解释说:"刚才掉了一张钞票,我已经把它捡起来放进口袋了。"

亨利迅速拿过纸袋,看着眼前这个吓得连话都说不清楚的女人,料想她不敢有什么举动。此时,周围一切都是静悄悄的,根本没有人知道这个窗口正在发生抢劫案。

"谢谢,小姐!五分钟之后,你去按报警器吧。"亨利得意地看了珍妮一眼,然后就微笑着转身走出了银行。

随后,他匆匆跑到停车场,快速闪进车里,将车开回了家。

就在亨利一屁股坐在地板上,正准备要把口袋里的钱往外倒时,突然响起了重重的敲门声:"开门!开门!我们是警察!"

这怎么可能？亨利给弄糊涂了：警方不可能这么快就找到自己啊？

但是房门很快就被撞开了，四个持枪的警察冲进来，把枪口对准了坐在地上的亨利。

亨利惊得目瞪口呆，两只手不由自主地举了起来。

"亨利先生，你因抢劫银行罪被捕了！"警察上来抓住亨利的手臂，给他戴上了手铐。

"可……可……你们是怎么……"亨利结结巴巴地问。

一名警察拿出亨利当时在银行里递给珍妮的那张纸条，说："这张纸条实际上是你在自动取款机上用过后的收据，那个女出纳就是凭着它查出了你。怎么样？这袋钱我们带走，接下来你就等着在监狱里呆上几年吧！"

说完，警察一把夺过亨利手里的纸袋。可谁知，他只往里面看了一眼，就突然抓住亨利的衣领子大吼起来："钱呢？里面的钱呢？"

另一名警察赶紧扑上来，拿起纸袋往地上一倒，顿时，所有的人都愣住了。因为倒在地上的，竟是一个吃了一半的三明治和一块糖，还有一大堆废纸。

亨利怎么也想不明白，纸袋里的钱是怎么会变成这些玩意儿的。

而此时，那个女出纳珍妮，已经扛着鼓鼓囊囊的钱袋，神不知、鬼不觉地远走他乡了。原来，珍妮就是在弯腰捡钱时做了手脚，现在纸袋里的这些玩意儿，其实是她早就蓄谋预备下的。亨利案发，她向警察录了口供后，就大摇大摆地走了。

这下珍妮有大把的钱可花了，而倒霉的亨利成了她的替罪羊……

（霍革军　编译）

（题图：箭　中）

吸血鬼传说

　　对于去罗马尼亚观光的游客来说，德古拉伯爵遗址是个不能不去的地方，因为传说中的吸血鬼之王德古拉伯爵，就诞生在这里。但如果要从首都出发去那个地方，就必须驱车穿越一片茂密的黑森林了。

　　这天，从伦敦来罗马尼亚旅游的贝肯，正开车穿越这片黑森林，坐在他旁边副驾驶位子上的，是他的女秘书露西，此时正昏昏欲睡着。贝肯这次带露西一起来旅游，其实是为了找机会能够在异乡神不知、鬼不觉地把露西杀死。因为贝肯当初勾搭上露西，只不过是想玩玩而已，没想露西不但动了真情，而且还怀上了贝肯的孩子，并且以此来要挟贝肯，要他和他妻子离婚。这当然是不可能的，要知道贝肯的妻子就是公司董事长的女儿，如果没有了这个位高权重的董事长岳父,贝肯还怎么在公司里混下去?

所以此刻,贝肯已经谋划好了,待会儿把车开到黑森林深处时,就把露西掐死,然后把她的尸体抛在这里。他们这次来旅行没有别人知道,所以把露西的尸体扔在这里几个月甚至几年,都不会被人发现。即使以后哪一天真被发现了的话,那时候尸体也早变成了一堆枯骨,哪还分辨得出谁是谁啊。

眼看天色已经渐渐昏暗,贝肯将车开到了黑森林深处。可是,就在贝肯准备对露西下手的时候,他瞥了一眼后视镜,突然惊讶地发现,后面不远处开来一辆黑色的轿车!而且,贝肯把车开得快,后面那辆车也开得快;贝肯把车开得慢,后面那辆车也随之放慢了速度。贝肯心里不禁纳闷起来:这是什么意思?他索性把车停下,想让那辆黑色轿车超过去,没想那车在超过贝肯的车后,在前面大约十几米远的地方也停了下来。

贝肯心里很恼怒:原本好好的一个计划,难道就这么被砸了?他气咻咻地把车开到那辆黑色轿车旁边,摇下车窗,冲着那个开车的嚷嚷说:"你为什么跟着我?"

那开车的是一个戴着墨镜的男人,看上去大约三十来岁,他朝贝肯嘻嘻一笑,解释说:"对不起,我叫杰森,是去德古拉城堡应聘工作的流浪艺人。我找不到去城堡的路,猜想你是去那里旅行的,就一路跟着,希望可以顺利到达。"

贝肯一听,只好自认倒霉。看来暂时是没法把露西解决掉了,贝肯只得继续驾车向德古拉城堡驶去……

到达德古拉城堡时已是晚上,贝肯带露西走进一家旅馆,他特意向后面瞥了一眼,谢天谢地,那个该死的流浪艺人没有再继续跟着进来,他心里总算松了一口气。经过一路颠簸,他和露西的肚子早饿了,于是就先去旅馆餐厅用餐。

餐厅里这时候人很多,他们大多是跟随旅行团来的游客,导游正在绘声绘色地给大家讲吸血鬼之王德古拉伯爵的故事,贝肯与露西也好奇地听着。

导游说:"你们知道吗?吸血鬼之王德古拉伯爵其实并没有死,他的灵魂一直在城堡外游荡,他只要看中了可以寄放灵魂的宿主,就会一口咬在那个人的颈子上,吸走那个人体内所有的血。所以当那个人的尸体被找到时,人们会发现,在他的颈子上有两个血洞……"

胆小的游客听到这里,不禁吓得尖叫起来,可露西却显得十分兴奋,她对贝肯说:"这个导游真能说,我们也参加他们的团吧?"

没等贝肯开口,露西就举手向导游提出请求,热情的导游立刻就点头同意了。

这时,有个低沉的声音忽然从人群后面传过来:"我也要参加,真是太有意思了!"

贝肯觉得这个声音有点耳熟,回头一看,竟就是那个叫杰森的流浪艺人,他心里不禁"咯噔"一下:为什么他老跟着我呢?难道是故意的?

贝肯和露西刚用完餐,那个讲故事的导游已经帮他们办好了房卡,两个人于是就拿着房卡去导游安排好了的客房。可谁知他们刚进客房还不到五分钟,房间里的吊灯闪了一下突然就灭了,房间里顿时一片漆黑。

露西吓得紧紧抓住贝肯的胳膊,贝肯还来不及开口,就听外面楼道里传来一声凄惶的惨叫声,而几乎同时,房间里的吊灯忽然又莫名其妙地亮了。

贝肯赶紧开出门去看,往楼道上一瞧,发现不远处的一间客房门大开着,有个人躺在地上,两条腿伸在门外。

这时候,楼道两边的客房门纷纷打开了,游客们都从房间里出来,都看到了那个躺在地上的人,几个男士壮起胆子朝那人走过去,贝肯也跟了上去。

真是不看不知道,一看贝肯立刻头皮发麻吓一大跳,后背上渗出阵阵冷汗。原来,躺在地上的这个人居然就是流浪艺人杰森,此时他面无血色,颈子上有两个血洞。

有个游客歇斯底里地惊叫起来:"是德古拉伯爵的灵魂回来了!"声音里充满了极度的恐惧。

就在这时,楼道里的吊灯闪了闪,发出一阵"嘶嘶嘶"的声音,然后只在一瞬间就灭了。楼道里顿时一片漆黑,所有人都吓得大叫起来。

黑暗足足持续了五分钟,当重新恢复光明之后,大家发现,楼道尽头趴着一个人,头歪在一边,身子一动不动。

贝肯抖抖簌簌地走到那人身边,发现他竟然是那个讲故事的导游,脸色像纸一样白,已经断了气,颈子上也有两个深可见骨的血洞。

"是德古拉伯爵……是他的灵魂来找替身了……"在场所有的人都惊恐地尖叫起来。

总算旅馆经理及时赶来了,可他十分遗憾地告诉大家,这一层楼的电话线早上不知被谁突然剪了,而旅馆地处偏僻,手机没有信号,警察一时半会通知不到。他建议在警方没有到达之前,所有旅客都赶快回自己房间去,紧闭房门,若有意外则大声呼救。

贝肯回到客房,与露西面面相觑,他怎么也没想到,这次罗马尼亚之行会遇到如此恐怖的事情。而让他更想不到的是,就在接下来等待警方到来的两个小时里,旅馆的电力系统又被破坏了两次,与此同时,这一层楼道里又发现了两具被吸干了血的尸体,分别是第一位歇斯底里惊叫的旅客和那位旅馆经理。

目睹这一切,贝肯不禁陷入了沉思,他知道这个世界上是没有吸血鬼的,吸血鬼只是一个年代久远的传说而已,所以今天旅馆里发生的一切,也许只有一个解释,就是这里有一个变态杀手,他连环作案,在旅馆里随机选择着无辜的受害者。

贝肯并不害怕凶手,事实上他是个自由搏击爱好者,同时也是跆拳道高手,如果凶手选择要来杀他,还不知道谁能占谁的便宜呢。贝肯心里想的是露西,是怎么借这次旅行的机会把她干掉。

贝肯治起头,看到躺在床上的露西由于刚才受了极度惊吓,现在正疲倦地熟睡过去,他心里忽然生出一个念头:就在这儿把露西杀死,然后嫁祸给吸血鬼之王德古拉伯爵。

说干就干!贝肯"腾"地一下站起来,走到露西身边,伸出手来掐住了她的脖子。出手之后,他手里的力量越来越大,一边掐,一边心里在盘算,想好将露西掐死后,把她拖进浴室,然后用她头上的发夹在她的颈子上剜两个血洞,放走她体内所有的血,等下次再断电的时候,他就高声大叫,到时候所有人都会以为露西是被德古拉伯爵的灵魂杀死的,而随后赶来的警察也只会认为,这是某个变态连环杀手所为。

想到这里,贝肯的脸上不由露出了笑容,眼睛和鼻子都挤到了一起。

可谁知就在这个时候,客房的门被"砰"地一下撞开了,贝肯一看,门外站着好几个人——流浪艺人杰森,讲故事的导游,还有旅馆经理和那个歇斯底里惊叫的旅客。不等贝肯反应过来,他们已经一起冲进来,把贝肯牢牢按在了地上。

五分钟之后,警察也赶到了,当场就逮捕了贝肯。

贝肯糊涂了,大叫道:"这究竟是怎么回事?为什么他们还活着?他们为什么会冲进来?"

流浪艺人杰森笑嘻嘻地对贝肯说:"我们是电视台的,正在做一期真人秀实拍幽默节目。"

杰森告诉贝肯,他们电视台邀请了一些从来没有来过德古拉城堡的游客,故意给他们讲吸血鬼之王德古拉伯爵的恐怖传说,而他们则分别装扮成被吸血鬼吸干了血的受害者,躺在楼道里吓唬大家,旅馆这一层的各个角落里都按了隐秘的摄像头,目的就是为了拍下大家惊慌失措时的搞笑镜头。当然,拍摄之后是必须得到游客同意才会播出去的,贝肯谋杀露西的时候,他们正在总控制室里忙碌着,所以贝肯刚下手就被及时发现了。

听到这里,贝肯的脸上露出了绝望的神色,他气得向杰森大吼:"你们这个节目真是世界上最愚蠢最荒唐最无聊的节目!"

杰森不以为然地瞥了贝肯一眼,说:"我敢和你打赌,明天晚上这个节目在电视台播出的时候,一定会成为咱们罗马尼亚电视史上收视率最高的节目!嘿,这一切都是托了你的福啊!"

(庄　秦)

(题图:佐　夫)

乡村路带我回家

席瓦尔出生在一个名叫戈亚斯的小镇,他的父亲弗兰卡是个富足的农场主。

席瓦尔毕业那年,父亲劝他报考农学院,将来好继承家业。可席瓦尔早已厌倦了小镇生活,他觉得只有大城市才是他该去闯荡的地方,于是在和父亲大吵了一场之后,他终于不告而别离家出走,去了纳塔尔市。

谁想,外面的世界很精彩,却也很无奈,席瓦尔很快就发现,在城市里闯荡远没有自己以前想象的那么容易。为了生存,年轻气盛的席瓦尔加入了一个盗窃团伙,在里面摸爬滚打了数年之后,终于成了一个彻头彻尾的江洋大盗。

再过几天,就是纳塔尔市一年一度的狂欢节了,团伙老大

"光头"把大家召集在一起,准备实施一个抢劫计划。因为按照以往情形,狂欢节这天,博物馆的看守将十分松懈,正是可以让他们去馆里盗窃那幅名画的好时机。光头把任务交给了这几年一直跟随在他左右的席瓦尔,要席瓦尔到时候带几个兄弟去跑一趟。

果然,到了狂欢节这天,一大早,人们就头戴各式面具,身穿艳丽服装,纷纷拥上街头,他们扭动着热情的桑巴,将欢乐的气氛撒向城市的各个角落。而博物馆里的那些工作人员和保安,可能是因为没能去参加狂欢,显得有些无精打采。

这天来博物馆参观的人也不多,整个展览大厅里显得有些空空荡荡,席瓦尔就是趁这个时机,和他的同伙先后走进博物馆的。见没有什么异常情况,席瓦尔马上朝同伙使了个眼色,于是他们一伙人便悄无声息地散开,分头向保安、正在大厅里值勤的博物馆工作人员和大厅的出入口逼近过去,席瓦尔自己则带着一个同伙悄悄上楼,朝设在二楼的监控室走去。

来到监控室门口,席瓦尔重重地敲了一下门,只听里面传出一个懒散的声音:"谁?"

席瓦尔装出一副急不可待的样子,嚷嚷道:"先生,请问洗手间在哪里?"

里面这人立即走过来开门,告诉席瓦尔说:"洗手间在一楼,你从……"

可没等他把话说完,席瓦尔就上前一步抓住他,掏出手枪顶着他的脑袋说:"不许动!"

席瓦尔的同伙迅速拿出一根绳子,三下两下将这人捆了个结实,并用事先准备好的布条堵上他的嘴。

席瓦尔向这人逼问道:"快说,监控录像的开关在哪里? 否则,打烂你的脑袋!"

这人吓得面无血色,哆哆嗦嗦地把席瓦尔带到操控台前,用下巴指指上面一个黑色的按钮。席瓦尔伸手一按,果然,数十个监视器里立刻全部没有了图像。他得意地"嘿嘿"冷笑两声,又猛地举起枪托将这人砸昏在地上,然后和同伙迅速朝楼下跑去。

来到一楼大厅,席瓦尔朝正在大厅出入口的同伙使了个眼色,那同伙立刻"嗖"地从怀里掏出一颗自制炸弹,朝大厅里的人吼道:"都给我听好了,谁不按我说的做,立马送他去见上帝!"

大厅里顿时响起一片惊叫声,保安刚想去摸身上的枪,早被分别逼近他们身边的劫匪用枪顶住了脑袋。一看这阵势,大厅里的人只好乖乖地举起双手,站在了原地。

博物馆内的分布地形是席瓦尔他们事先已经探查过了的,所以这时候席瓦尔熟门熟路地打开连接展览大厅的一个储物间的门,把大厅里的人连推带搡地赶了进去,随后拿来一把大锁,"咔嚓"一声将这些人统统锁在了里面。

接着,席瓦尔就准备下令让同伙将大厅墙上挂着的那幅名画摘下来。可就在这时,有个戴面具的人却突然从大厅侧旁的洗手间里冲出来,举起手中的铁锤就朝罩在名画上的防护层砸去。

席瓦尔不禁大吃一惊:难道这人也是来盗画的?可是按照先前的部署,在正式下手之前,他的同伙应该已经去查看过洗手间,此人又是如何躲过的呢?但是此时已经不允许他多想了,他朝面具人大吼一声:"住手!"

那面具人却根本没有停下来的意思,待第二锤下去,这幅名画的防护层已经被砸出了一个大窟窿。面具人如此胆大妄为,难道他还有接应的同伙?如果真是那样,眼看到手的名画岂不要旁落他人?席瓦尔立刻拔出手枪,毫不迟疑地扣下了扳机。

随着"砰"一声枪响,面具人应声倒地,痛苦地挣扎了两下,就再也没有了动静。

事不宜迟,席瓦尔一步上前迅速摘下名画,然后就带着同伙撤离博物馆,转眼消失在了大街上那些狂欢的人群里。

接下来的几天,席瓦尔一直在做着发财的美梦,他在等待光头将名画出手后,对他论功行赏。果不其然,几天后光头打电话把他叫了去,席瓦尔兴高采烈地问:"头儿,这次我能分多少钱?"

谁想光头却把脸一沉,猛拍桌子呵斥他道:"你还有脸问我要钱?难道你没有看电视?为了防止狂欢节期间名画被盗,博物馆特地将真品换了。你不但拿回来的是赝品,而且还杀了人,你这回可把我害惨了!"

席瓦尔一听惊呆了:什么?我拿回来的是赝品?不可能啊!他想争辩,可光头已经将一沓钞票甩到了他的面前:"你快给我滚,离开这个地方,跑得远远的,别连累兄弟们!"

席瓦尔做梦也没有想到,自己出生入死这么多年,到头却换来这样的结局。他不禁伤感至极:既然如此,再留在这里还有什么意思呢?于是他决定离开,回老家戈亚斯小镇,去看看父亲弗兰卡,然后再做打算。

席瓦尔搭上了一辆顺风车,此刻,车厢里正在反复播放《乡村路带我回家》,那忧伤的旋律让席瓦尔心里感到阵阵酸楚。是啊,还是家最好,想起当年父亲的劝阻,他心里真是好不懊悔。可是现在,什么都晚了,父亲能原谅自己吗,他现在又过得怎么样呢?

经过一天一夜的颠簸,车子终于停在了戈亚斯小镇上。小镇依然是那样的宁静,气氛依然是那样的祥和,走在熟悉的回家路上,席瓦尔感觉和当初离开时几乎并没有什么两样。怀着一肚子的忐忑,他终于走到了自家房子前,可谁知敲了半天门,却无人应答。

父亲呢?父亲去哪儿了?席瓦尔心里不禁有些沮丧,只得转身向不远处的叔叔家走去。

他刚走到叔叔家大门前,一只黑色的大狼狗突然蹿出来朝他狂吼,席瓦尔吓得赶紧躲在一边。就在这个时候,一个老人闻声走了出来,席瓦尔一看,这不是叔叔吗?他兴奋地喊道:"叔叔,我是席瓦尔呀!"

老人猛一愣,抖抖簌簌地走到席瓦尔跟前,屏住呼吸,细细观瞧。突然,他脸部的肌肉剧烈地抽搐起来,两颗浑浊的泪珠随即滚落下来。他拉住席瓦尔的手哽咽道:"席瓦尔,你终于回来了,你父亲可被你害惨了……"

原来席瓦尔不告而别离家出走之后,他父亲弗兰卡就发疯般的四处找他。为了找到儿子,弗兰卡把自己的农场和房子都卖了,足迹几乎遍及全国,可是却始终一无所获。伤心欲绝的弗兰卡怀疑自己的儿子可能已经不在人世了,加上数年奔波早已人财两空,所以最后他落下了一身病痛,却又无钱医治。

就在半个月前的一天,弗兰卡突然强撑起身子来向席瓦尔叔叔道别,说他在报上看到,有许多无助的老人因为生活所迫故意犯下重罪,好让警察把他们抓进监狱,监狱里虽说没有自由,可那里有吃有喝,还能治病,也算是个给自己养老的地方吧。弗兰卡打定主意,要趁今年狂欢节的时候,到纳塔尔市博物馆去将那幅最名贵的画捣毁掉。叔叔对弗兰卡如此举动百般劝阻,可老人最终还是执意坐上了开往纳塔尔市的班车,可没料半个月后,就传来了他被盗画劫匪打死的噩耗……

叔叔说到这里,只见席瓦尔突然惨叫一声,跟跄着转身就跑……

打那之后,戈亚斯小镇上的人们总能在大街上看到一个疯疯癫癫的男子,衣衫褴褛,蓬头垢面,一边走一边大叫:"是我杀死了父亲,是我亲手杀死了我的父亲啊!"

(金 戈)

(题图:佐 夫)

智 赢 命 运

智慧的灵光乍现,可以给予一个小男孩说"不"的勇气,也可以让士兵在与敌交锋的千钧一发之际,化险为夷。

尴尬的午餐

　　汤姆是大学一年级的学生,因为家里兄弟姐妹多,父亲每月只能给他五英镑生活费。

　　按说这笔钱省着点是完全够用的,可汤姆总是感到手头拮据,当别人要他去参加这个活动或那个聚会时,他总是难以说"不",即便这意味着他自己第二天的饭钱没了,他也会答应下来。

　　这天汤姆收到一封信,是乡下姨妈寄来的,打开一看,上面写着:

　　　亲爱的外甥:
　　　　星期四我要进城,你能请我吃午饭吗?

相信你会让我满意的。

你的姨妈纳蒂娅

汤姆一看日历,今天已经是星期二了,离月底还有一个星期,而自己口袋里的钱,除去这两天吃饭.到月底实际上只剩1英镑,也就是20先令了。怎么办?

汤姆心里一转念:对了,学校附近有一家不错的小饭店,在那儿一个人只需3先令就能吃上一顿像样的午餐,如果把姨妈带到那里去,两个人花上6先令,那么剩下的14先令自己就勉强可以维持到月底了。这么一想,汤姆松了一口气。

到了星期四这天中午,纳蒂娅姨妈果然来了。她对汤姆说:"好呀,亲爱的外甥,你带我去吃饭吧,我午餐一向吃得很少,一个菜就行。"

"那好,姨妈,咱们走。"汤姆一边点头,一边就带着纳蒂娅姨妈向那个小饭店走去。

可是走着走着,纳蒂娅姨妈突然指着街对面一家豪华餐厅对汤姆说:"亲爱的,我们能去那里吗?那家餐厅看上去很不错呀。"

"啊……那……好吧,亲爱的姨妈,只要你高兴就行。"汤姆心里暗自寻思:姨妈刚才不是说她只要一个菜就行了吗?就吃一个菜的话,也许我这点儿钱能对付。

于是两个人走进那家餐厅,挑了一个靠窗的位置坐下。

侍者递上菜单,纳蒂娅姨妈看了一眼,问汤姆:"啊,我能点这道菜吗?"

汤姆一看,那是"法式烩鸡"——菜单上最贵的一道菜,要7个先令。

可是汤姆不好意思对纳蒂娅姨妈说"不",于是只好点头,然后给自己点了一道最便宜的菜,只要3个先令,再加上给侍者1

先令小费，这样 20 先令里就还能有 9 个先令让汤姆维持到月底。这么一算，汤姆心里松了一口气。

可就在这时，只听站在一旁的侍者谦恭地问道："夫人，您还要点儿别的什么吗？我们有新到的鱼子酱。"

"鱼子酱？"纳蒂娅姨妈一听，顿时兴奋起来，"啊，这一定是用俄罗斯的上等鱼卵做的。太好了，那就给我来一份吧！"

汤姆心里顿时紧张起来，但他又不好意思对纳蒂娅姨妈明说，只好眼睁睁看着纳蒂娅姨妈真要了一份鱼子酱，还外加一杯葡萄酒。

这样一来，汤姆手里现在就只剩下 4 个先令了。想想这 4 先令还能买面包和奶酪，来对付这个月剩下的几天，汤姆总算还喘得过气来。此刻，汤姆只想快点儿把这顿饭吃完，赶紧离开餐厅。

可世界上的事情有时候偏偏就这么巧！就在纳蒂娅姨妈津津有味地吃完法式烩鸡和俄罗斯鱼子酱之后，一个侍者端着蛋糕从他们桌旁走过。

"哦！"纳蒂娅姨妈又兴奋起来，"这蛋糕真诱人哪，我真想品尝一下。亲爱的，我就来一小块吧！"

看来纳蒂娅姨妈真是很能吃啊，吃完这块蛋糕之后，侍者又给她送来水果和咖啡，最后一结账，整整 20 先令。

汤姆的头上顿时冷汗直冒，脸涨得通红，因为就算把身上那 20 先令全部掏出来，他也再拿不出哪怕是 1 先令的小费。

纳蒂娅姨妈看了看汤姆，问道："你只有这么点钱？"

汤姆想打肿脸充胖子，可是口袋里的钱已经不允许他再逞什么英雄了，他只好无可奈何地朝纳蒂娅姨妈点点头。

"这么说，为了请我吃一顿美餐，你竟然把自己的钱全花完了？"纳蒂娅姨妈点头道，"孩子，你的心肠可真好啊——但也太傻了。"

"傻?"汤姆不解地望着纳蒂娅姨妈。

"你现在在大学里不是正读着一门叫'语言学'的课程吗?"

"是啊,姨妈。"

"那么,你可知道,任何一种语言中,最难说的那个词是什么?"

"最难说的词?"汤姆茫然地望着纳蒂娅姨妈,摇摇头说,"不知道。"

"就是那个'不'字呀!"纳蒂娅姨妈笑了,"我亲爱的外甥,你要真正长大成人,就必须学会说'不'。你的钱根本不够进这么一家豪华餐厅,这我早就清楚,但我就是想听你勇敢地说出'不'字来。我每点一次东西,实际上都是在等待你说出这个字来呀——我的孩子!"

汤姆听着姨妈这席话一脸愕然。

结果是,纳蒂娅姨妈替汤姆付了账,还给了他5英镑作为礼物。

走出餐厅的时候,纳蒂娅姨妈拍着她那鼓鼓的肚子,对汤姆说:"哦,天哪!为了让你记住这个教训,你可怜的姨妈刚才差点儿被撑死。要知道,平时我午餐只喝一杯牛奶的呀!"

（杨镇明　编译）

（题图:李　加）

宝石中的宝石

　　故事发生在印度一个丛林小城中。

　　小城里有一个远近闻名的护送队,它的称号叫"澄海"。澄海护送队专门负责帮客人把珠宝之类的贵重东西护送到客人指定的地方。由于小城在丛林之中,治安一直很成问题,主要是匪患猖獗,澄海护送队就是在同这些形形色色匪徒的斗智斗勇中赢得了名气,因而远近闻名。

　　澄海护送队的当家人叫哈萨,他在队里干护送任务已经三十多年,从未失过手,是当地一个响当当的人物。但不幸的是现在哈萨身染重病,已经瘫痪在床,他于是便把所有的希望都寄托在儿子伊沙万身上。

　　伊沙万只有二十五岁,不过他从十二岁起就跟随父亲哈萨走南闯北,所以十多年下来,也积累了丰富的护送经验,特别是还掌握了一手让人叫绝的易容术,可以把自己化装成各种人物,即使是周围那些熟悉他的人,有时候也很难把他认出来。

这次,澄海护送队接到一桩大买卖,丛林深处一个部落的酋长来请求他们帮忙,要把一件"宝石中的宝石"护送到他的部落去。可是护送队还没出发,消息却已经在小城不胫而走,小城人都饶有兴趣地猜测这宝石中的宝石到底是什么东西,有的说是价值连城的钻石,有的说是千年难遇的翡翠,还有的说是谁谁谁皇冠上的一颗夜明珠。总而言之,既然是宝石中的宝石,大家就都对伊沙万能否完成这次护送任务担心起来,怕万一出什么岔子,澄海护送队多年的名声就会毁在他的手上。

这议论传到正病卧在床的哈萨耳中,哈萨心里很不平静,马上派人把伊沙万叫到床前。

哈萨屏退左右,压低声音对伊沙万说:"知道吗?这个部落酋长平时性情暴虐,凶残好杀,爱宝物胜过爱自己的性命。万一你在护送路上遇上匪徒,宝物被劫,那些家伙就肯定会利用这东西去要挟那酋长,最终倒霉的是部落里的老百姓。所以这次任务非同小可,亲爱的,你可千万千万要小心谨慎啊。儿子,全靠你了!"

伊沙万望着哈萨凝重的神情,郑重地点了点头,说:"爸爸,您放心,我一定不会辜负您的期望。"

第二天一早,伊沙万收拾行装,准备出发,却发现自己的那头大象显得有点无精打采,一观察,原来它是在拉稀闹肚子。大象是当地人必不可少的运输工具,离了它简直寸步难行,怎么办?伊沙万顿时着了急,于是立刻风风火火赶去象队,打算重新挑一头大象,作为自己这次出行的伙伴。

澄海护送队专门有自己的象队,原有的加上新买的,一共有八头大象。伊沙万挑了好一会儿,才选中其中的一头,这头大象体格倒也健壮,只是在它的右眼下方有一道明显的刀疤,一直扯到嘴边。

象队伙计见伊沙万挑半天却挑了一头这么难看的大象,忍不住说:"主人,挑一头别的吧?"

伊沙万却笑着朝他摆摆手,说:"不,难看是难看了点,可你看,它脸上刀疤扯这么长,看上去反而像是在笑。嘻嘻,就冲它这个笑脸,我要给自己这次出行讨个吉利。"说着,他把行装驮上象背后,就骑着它出发了……

话说这天清晨,人迹罕至的丛林小路上,出现了一个孤独的旅行者,他看上去四十多岁年纪,一身当地人打扮,骑着一头大象,象背上驮着一个木箱,脸上的神情显得非常悠然自得。可是没多会儿,在他前方突然响起一声嗯哨声,立刻有几名大汉从两边树丛中跳出,把他围住了。

"不好,遇上土匪了!"旅行者一看这个情势,赶紧想走回头路,可身后又响起一阵金属撞击声,他回头一看,不知从哪里又跳出来三四个持刀大汉,把他的回头路也给挡住了。

看样子他们中一个"络腮胡子"是领头的,只见络腮胡子一挥手,那伙匪徒就全冲了上来,不由分说把旅行者拽下了象鞍。

旅行者顿时吓得脸色惨白,哆哆嗦嗦地对络腮胡子说:"大人,我……我身上真的什么值钱的东西都没有,求你们放我走吧!"

络腮胡子根本不理睬他,朝同伙一声喝令:"搜!"

那伙匪徒于是就七手八脚地把旅行者象背上的木箱拿下来,砸开箱上的铜锁,打开箱盖,把里面的东西一件件抓出来看,接着又把旅行者按倒在地上,从头摸到脚,连鞋子都不放过。

可结果是,这帮匪徒在旅行者身上什么值钱的东西都没有搜到,而箱子里也只有一顶帐篷、几袋干粮和几块银币。

络腮胡子站在边上一声不吭,他盯着旅行者看了一会儿,突然拔刀上前几步,挥手朝象鞍砍去,"刷刷刷"把它割成了碎片,可是依然什么也没有发现。络腮胡子气得脸色铁青,朝旅行者怒喝道:"你给我滚!"

旅行者一听,便战战兢兢地去地上收拾自己的木箱。

可是络腮胡子一刀过去挡住了他:"既然这都是不值钱的东西,还要它干什么?你还不快给我滚?快滚!"

旅行者没办法,只好放弃这些对他来说是最基本的生活用品,失魂落魄地爬上光溜溜的象背,走了。

可是他刚走出几步,络腮胡子突然又朝他大喝一声:"站住!"

旅行者惊讶地回头看着络腮胡子。

络腮胡子走上几步,朝旅行者嘻嘻一笑,又瞄瞄旅行者那头座象的脸,说:"真是好长的刀疤啊!"

旅行者闻言,不禁身子一颤。

络腮胡子狞笑道:"请下来吧,伊沙万先生!"

旅行者不禁身子又一颤:"伊沙万是谁?"

"哈哈哈!"络腮胡子一阵狂笑,"久闻你善于伪装,今日一见,果然名不虚传。哼,要不是这头象,我也险些被你瞒过。你……"他顿了顿,继续说,"你叫伊沙万,是澄海的继承人,此行你的任务其实是运送宝石中的宝石。哼,我还知道,"络腮胡子说到这里,狠狠盯了一眼脸色已经惨白的旅行者,眉飞色舞道,"你挑了这头有刀疤脸的象,是因为它看上去像是在笑,你想借它讨个吉利,对不对?"

络腮胡子说到这里,一把把伊沙万从象背上拖下来,然后绕着大象转了两圈,伸出手来不时地摸摸这、摸摸那。突然,他将手停在象颈处不动了,从靴中抽出匕首开始轻轻撬动起来。原来,络腮胡子发现象颈处缠绕着一根铁丝,而且深陷其中,不细看很难发现。他小心翼翼地撬着铁丝,不一会儿,只听"啪"一声,铁丝断了,掉落在地上,络腮胡子一看,果然上面还缠着一个东西,捡起来才看清,是一个大约三指粗细的铁盒子。

几乎是与此同时,只听又是一声闷响——伊沙万突然瘫倒在了地上。

络腮胡子得意地瞥了伊沙万一眼,然后举起铁盒细看。他发现,这个铁盒几乎是一个浑然一体的玩意儿,找不到可以打开的盖子,只有铁盒中间依稀可见一条细细的缝,透过树叶照进丛林里的太阳光射到细缝上,细缝里发出耀眼的光来。络腮胡子试图将匕首插进细缝里去,可依然无法将铁盒子撬开,于是只好收起匕首,把铁盒子塞进怀里。

他瞧一眼瘫软在地上的伊沙万,得意地说:"我会有办法打开它的。哼,你一定很奇怪吧,我怎么会对你了解得那么详细?嘿嘿,告诉你也无妨,我是用重金买通了你那个象队的伙计。不过,你再也见不到他了,你这个伙计太贪心,要价太高,我已经送他上西天去了。没想到吧,伊沙万先生,你易容术再高明,也躲不过我的眼睛,哼,一道刀疤就暴露了你的身份。"

此时,倒在地上的伊沙万只好垂头丧气地喃喃自语:"没想到,真没想到,我会毁在一头大象的手里,这下澄海完了,全完了!"

刀疤脸看伊沙万这副沮丧的样子,不由一阵狂笑:"年轻人,你没想到的事情多着呢!以后,就让那位酋长大人来和你算账吧,相信他一定会好好'款待'你的!"

随着络腮胡子一声嗯哨声,匪徒们迅速四散开去,紧接着就消失得无影无踪,寂静的丛林里,只剩下可怜的伊沙万和那头倒霉的大象。

直到第二天傍晚,满脸疲倦的伊沙万才终于骑着那头刀疤脸大象来到丛林深处的部落。谁知,那个酋长却用他们部落里最隆重的仪式欢迎伊沙万,还亲自给伊沙万献上花环。

酋长快步奔向那头刀疤脸大象,亲昵地抚摸着它,不住地叫着:"我的宝贝,我宝石中的宝石,你可回来啦!"

部落里响起一阵阵欢呼声,此起彼伏……

原来,所谓宝石中的宝石,竟就是这头刀疤脸大象。这头大象是部落酋长最心爱的坐骑,它跟随酋长征战多年,那道伤疤就是它英勇奋战的记录。酋长对这头大象宠爱有加,昵称它为"宝石中的宝石"。可是前不久,这头大象突然患病,部落医生用尽各种办法来为它治疗,都无济于事,最后只好把它送到城里来救治。好不容易治好后,部落酋长决定给它享用最高礼遇,委派拥有显赫声名的澄海护送队护送它回部落,这才引出这段故事来。

至于那个神秘的铁盒到底是怎么回事呢? 其实,那里面不过是一颗玻璃珠子而已。伊沙万是故意化装成旅游者,用虚虚实实的手法骗过这伙匪徒,并且用自己的聪明才智维护了澄海护送队的荣誉。

(张　强)

(**题图**:箭　中)

愤怒的战车

　　卡瓦和尤里列是一对亲如兄弟的战友,两人驾驶着一辆心爱的坦克,跟随巴顿将军从非洲沙漠一直打到欧洲大陆,眼下马上就要进入波兰境内了。

　　这几天,卡瓦十分兴奋,手里抱着自己组装的半导体收音机,嘴里不停地哼着家乡小调。尤里列知道,波兰是卡瓦的故乡,那里还有他的恋人叶丽娅,眼看马上就要解放家乡,见到自己日思夜想的情人,这怎么能不让卡瓦高兴?

　　卡瓦和尤里列所在的66坦克师,在这次战斗中担任主攻任务,他们的铁蹄如摧枯拉朽、风卷残云一般,令昔日不可一世的法西斯军队在盟军的强大攻势下节节败退。可谁知就在进攻卡瓦的家乡次涅镇时,盟军却遇到了德军的顽强抵抗,德军凭借当地教堂的坚固建筑和有利地形,和盟军展开了激战。于是,战地指挥官命令卡瓦和尤里列所在的 66 坦克师火速增援,一定要打下次涅镇,保证后续部队前进。

卡瓦和尤里列驾驶着坦克立即投入了战斗,他们同战友们一起,很快就把大教堂围了个水泄不通,并把坦克车上的炮口齐刷刷对准了教堂,只待一声令下,就万炮齐轰把教堂夷为平地。为了减少伤亡,盟军的一名指挥官手拿话筒站在坦克车上,向教堂里的德军喊话,要求他们立即放下武器,缴械投降。

就在这时,教堂里突然闪出一个人影,对准喊话的盟军指挥官就是一枪,那指挥官立刻应声倒在血泊之中。

"尤里列,看到了吗? 那个开枪的家伙就是恶魔冯马利!"卡瓦咬着牙,愤愤地对尤里列说。

尤里列早就听卡瓦说起过这个叫冯马利的德军中校,这家伙心狠手辣,当初就是他指挥德军占领的次涅镇。这是一个完全丧失了人性的恶魔,曾疯狂地带着他的部下端起机枪向手无寸铁的镇上人扫射,卡瓦的父亲和四个兄弟都死在他的枪口下。

"开炮!"盟军战地最高指挥官怒不可遏地向士兵们下达了作战命令,阵地上立刻炮声轰鸣,火光冲天,教堂顿时就被炸得东倒西歪,摇摇欲坠。躲在教堂里的德军终于抵抗不住了,一面白旗摇摇晃晃地从废墟中伸出来,盟军指挥官这才下令停止射击。

过了一会儿,只见有个灰头土脸的德国军官从教堂废墟里走出来,他就是冯马利。看到这个杀人魔王,卡瓦的眼睛立刻冒出火来,他把瞄准仪对准冯马利,拇指在扳机上直颤抖⋯⋯

一看卡瓦这个样子,尤里列心里十分担心,因为此时盟军已经成立了战时军事法庭,并明确宣布:在战场上,一旦敌方宣布投降,盟军就不能再继续攻击,更不能私自枪杀战俘,否则将受到军事法庭的严厉制裁。66 坦克师已经有好几个士兵因为报仇心切而打死、打伤战俘,最后被送上军事法庭,尤里列不愿看到卡瓦也这样,所以苦苦地劝他。

卡瓦强压怒火对尤里列说:"你放心,尽管我恨死了这个恶魔,但我不会自己动手的,他将在军事法庭上面对正义的审判。"说到这里,他朝尤里列叫起来,"好啦,一切都过去啦! 我的家乡终于解放啦,我可以请你在我家乡畅饮葡萄美酒,邀请美丽的姑娘跳舞啦……"

卡瓦正说着话的时候,尤里列通过窥视镜看到小街上有一群人正朝他们跑来,其中有个高高个子的姑娘,长着一头金黄色的头发,手举着波兰国旗,一边跑一边还叫着卡瓦的名字。

尤里列和卡瓦几乎同时认出这姑娘来了,激动得大叫:"叶丽娅,是叶丽娅!"

卡瓦兴奋得一把揭开坦克车的顶盖,"腾"地就跳下战车朝叶丽娅跑去,尤里列和战友们也都情不自禁地从顶盖里探出头来,欢叫着分享卡瓦此时的幸福。

是啊,战事已经结束,和平安宁的日子就在眼前!

这时,从远处开来一队标有红十字的车队,是盟军战时军事法庭的官员,他们及时赶来现场,是为了监督接收投降战俘事宜,防止违规事件发生。而此时,卡瓦已经张开双臂,要把迎面跑来的叶丽娅拥入怀中。

但就在这瞬间,谁也没有料到的事情发生了! 只见恶魔冯马利突然掏出手枪,对准卡瓦和叶丽娅就"啪啪"射出两发子弹,然后立即把枪扔在地上,高高举起双手,表示投降。而中弹了的卡瓦和叶丽娅,此时忽然就像两只断了线的风筝摇晃起来,他们两个人的手还没有来得及握在一起,正在呼喊着对方名字的嘴还正张得大大的,然而却突然没有了声音,他们脸上荡着笑意,胸前却喷着鲜血,身子随即栽倒在了地上……

冯马利这个恶魔,在即将投降的瞬间,居然也忘不了屠杀善良的民众,战士们被激怒了,纷纷掏出枪来。

就在这千钧一发之际,军事法庭官员见状一步冲了上来,他挡在冯马利面前,对大家说:"请各位保持冷静,保持克制,千万不要做违轨的事,对战犯的惩罚应该在法庭上。请所有人收起武器,走下战车。"

冯马利一脸得意地站在军事法庭官员的背后,十分傲慢地撇着嘴,向走下战车的坦克手们露出轻蔑的讪笑。战士们义愤填膺,可此时却对他毫无办法。

就在这时候,猛地响起一声轰鸣,只见卡瓦和尤里列的坦克车突然怒吼着向冯马利冲了过去。战友们心里明白:一定是尤里列又重新悄悄跳上了坦克。眼看着自己的好兄弟被杀死在恶魔的枪口下,这个仇一定要报!

只见这辆坦克左冲右突,直向冯马利隆隆压去,冯马利步步后退,坦克却盯着他穷追不舍。最后,吓坏了的冯马利只好躲进教堂的残墙断垣里,坦克于是立即加大油门推墙继续朝冯马利压过去,终于把这个恶魔压倒在地上,碾成了一摊血泥……

看着这一幕,在场所有的战士们心里都在叫好,可是谁都又知道坦克里的尤里列即将面临的后果。而军事法庭指挥官并不知道这就是刚才被打死了的卡瓦和他好兄弟尤里列开的坦克,一边叫着:"这是谁干的?"一边就跳上车去查找车手。

可奇怪的是,指挥官把坦克里里外外找了个遍,连个车手影子也没有。

战友们也很吃惊:尤里列呢? 没有尤里列驾驶,这坦克是怎么跑起来的?

当战地指挥官得知这辆坦克的车主后,便高声叫起尤里列的名字:"尤里列,你在哪儿? 快出来,说说清楚,这到底是怎么回事?"

只见好一会儿,尤里列才从旁边一处破墙脚里走过来。他看看地上已成了一摊血泥的恶魔冯马利,又瞧瞧那辆正安安静静地停在一边的战车,眨巴了几下眼睛,说:"这到底是怎么回事? 是卡瓦的冤魂干的?"

面对这奇怪的事情,又找不出任何解释的理由,于是大家只得相信,这是卡瓦的冤魂找恶魔算账来了。

直到过了很久,他们还是不知道,其实这一切都是尤里列干的! 卡瓦和尤里列都是无线电爱好者,两人偷偷在坦克上安装了无线遥控设备,但是那之前两人从没用过,也没有告诉过任何人。为了替好兄弟报仇,尤里列悄悄试着用它,竟一举获得了成功……

(张运国)

(**题图**:箭　中)

双重杀手

　　格登是个职业杀手,从业至今,他每次都能在约定时间内干净利索地把对方干掉,从没让他的雇主失望过。

　　可是这次,格登遇到了一个棘手的任务。他要谋杀的对象是一个叫罗依的商人,此人狡猾得像只老狐狸,和格登满世界地玩捉迷藏的游戏,害得格登为他耗费了整整九个月都没能把他干掉。眼看与雇主考里昂先生约定的期限就要到了,格登心里很着急。

　　可格登不愧是个厉害的杀手,在关键时刻,他还是从蛛丝马迹中发现了罗依的踪迹,并再次尾随罗依来到了西班牙的巴塞罗那。

　　凌晨两点,在巴塞罗那郊外的一家小旅馆里,已经逃亡了九个月的罗依终于身心疲惫地进入了梦乡。格登悄悄潜入他的客房，在再次确认了他的身份之后，果断地朝他大叫一声："罗依！"

罗依立即被从睡梦中惊醒，他眨眨眼睛，看见一个黑洞洞的枪口正死死对着自己，立刻意识到房间里发生了什么。他无奈地嘀咕说："唉，这场游戏看来是要画上休止符了。九个月了，最终我还是要死在你的手里。"

格登冷冷地说："这只是时间问题！哼，从考里昂先生雇我开始，你就注定要死在我的手里。你已经多活了九个月，你应该为此感到高兴才是。"格登得意地看着罗依，又叹道，"这真是一个痛苦的旅程，有几次我甚至还以为会把你给跟丢了呢！"

罗依静静地听着，没有吱声，手却悄悄伸到枕头下面，因为那儿放着一把已经上了子弹的左轮手枪。

"嘿嘿，你未免也太低估我了！"格登瞧着罗依说，"别去拿了，你的枪已经在我这里了，我们不需要再玩这种无聊的游戏了吧？"

罗依顿时额头上冒出了冷汗，他知道死亡现在对他来说已经不可避免，便央求格登说："如果有任何可以挽回的方法，你都提出来，我有的是钱。"

格登不屑地朝罗依摇摇头："声誉是杀手的第二生命，我想这一点你应该明白。"

"那好吧，"罗依还是不死心，"在杀我之前，麻烦你帮我做件事。在你身后的写字台抽屉里，有一个信封，我希望你能够打开它，读完以后，把它交给你的雇主，就是那个要杀我的考里昂。好吗？"

格登想都没想，应声道："放心，我会的。"几乎是与此同时，他扣动了扳机。

罗依的前额立刻被打了一个洞，身体随即向后倒去……

格登收起枪，又取出袖珍相机，对着已经死去了的罗依拍了几张照片,随后就按罗依刚才的请求,走到写字台前,打开抽屉,看到里面果然有一个信封,他抽出里面的信,看完后把它揣进口袋,然后开门走出了屋子。

格登回去后的第一桩事情,当然就是去见他的雇主考里昂。

考里昂是个没有什么耐性的人,他已经苦苦等待了九个月,所以一见到格登就疯狂地冲上来,抓住他的手连声喊:"照片,照片!"

格登把已经被打死了的罗依的照片交给考里昂,考里昂一看,兴奋得哈哈大笑。

格登冷冷地看着考里昂,说:"还有一封信,是罗依写给你的,他希望你能读一读。"

考里昂疑惑地接过信,一边看,一边嘴里喃喃念道:"我知道你会雇人来杀我的。为了公平起见,假如那个人把这封信交给你的话,那就证明他已经接受了我放在信封里的二万美金,并且同意帮我'以牙还牙,以血还血'。再见了,考里昂先生!"

"你……你?"考里昂面无血色地抬起头来,两眼惊恐地瞪着格登。但就在这时候,他手里的信突然滑落到了地上,人也随之向后倒去……在倒地之前,他的前额被打出了一个和罗依临死前一模一样的洞……

(作者:希区柯克;编译者:李 林)

(题图:箭 中)

恐怖的信

　　希森特太太有一个嗜好,就是总对别人的隐私抱着浓厚的兴趣,即使对自己子女,她也如此。她觉得子女都是她生的,她是他们的母亲,在母亲面前,子女们还要谈什么隐私? 所以不管寄给家里谁的信,只要落到她手里,她都要拆开先睹为快。

　　这天,希森特太太打开信箱,看到里面有一封信,是寄给她十八岁大儿子伯蒂的,信封上写着"亲启"字样,而且还散发出一股香水味儿。

　　希森特太太立刻对这封信产生了极大的好奇,她一改往日拆别人信时的从容,迫不及待地把信拆了开来。

　　只见信上这样写着:

亲爱的伯蒂：

　　我希望你胆子更大一些。是的，这需要勇气，但是你要想想，有那么多的珠宝呢！好好干，这一切只是我们周密计划中的一小部分。

　　　　　　　　　　　　　　　　你的克露丽

下面还有附言：

　　你妈妈肯定不知道有我这个人，绝不能让她知道。如果她问起我来，你必须一口咬定不认识我。

　　多少年来，希森特太太对大儿子伯蒂一直极度关注，因为她认定年轻人容易冲动，容易惹祸，容易失足跌入罪恶的深渊。没想这一切今天终于被她言中！首先，写信的是一个女孩；其次，这个女孩非同一般。

　　更让希森特太太不安的是，这封信写到的关于珠宝的事。希森特太太从小说和电影里知道，珠宝往往在惊险和恐怖的情节中起到至关重要的作用，她没有想到，就在她的眼皮底下，大儿子伯蒂竟然会和这种惊险恐怖的事情有瓜葛，而且这还只是他们周密计划中的一小部分。

　　此时，伯蒂正好不在家，但是他的妹妹们都在，希森特太太于是便愤怒地把伯蒂的妹妹们叫拢来，向她们公布了她刚从信上得到的重要消息："听着，你们的哥哥被一个叫克露丽的女孩控制了！"

　　她话音刚落，没想就在这当儿伯蒂回来了。

　　伯蒂刚进门，希森特太太劈头就冲着他问："谁是克露丽？"

　　伯蒂惊讶地看着母亲，说："克露丽？谁是克露丽？我根本就不认识什么克露丽。"

"嘿嘿！"希森特太太一阵冷笑，因为伯蒂的回答，正是克露丽这个坏女孩在信上教他的。希森特太太朝伯蒂吼道："你对这个克露丽真是言听计从呀！告诉你，你现在不把事情说清楚，就别想吃饭！"

伯蒂茫然地看着母亲，然后一言不发地从餐桌上拿了几片面包，就走上二楼，把自己关进了房间。希森特太太无数次地去敲他的房门，无数次地问他克露丽是谁，可伯蒂始终僵持着不回答，也不开门。

一个多小时后，邮递员又送来了一封信，还是让伯蒂"亲启"。希森特太太几乎是朝这封信扑过去的，她就像一只刚刚捉老鼠失利了的老猫，希望能从这封信里发现新的线索。

这封信上这样写着：

亲爱的伯蒂：

　　没想到你已经动手了！哦，那个可怜的达格玛，我真有点替她惋惜了。你干得真是干净利索，没有留下任何破绽，连她的家人都认为她是自杀的，我们不会有麻烦了。

　　不过，为谨慎起见，我看我们暂时还是先不要去动那些珠宝的好。

　　　　　　　　　　　　　　　你的克露丽

"啊！"希森特太太看完信，当即失声尖叫起来，她立刻"咚咚咚"地跑上二楼，去敲伯蒂的房门："伯蒂，你怎么能做出这种事来？你到底把达格玛怎么啦？"

房间里突然传出伯蒂懒洋洋的声音："怎么又出来一个达格玛？妈妈，下次是不是还会出来一个别的什么人呢？"

希森特太太一听，气得浑身发抖，眼泪也急出来了，对伯蒂说:"儿子,你不要再隐瞒下去了,克露丽给你的信已经足够说明一切了!"

可伯蒂的回答还是显得那么轻描淡写:"既然你老跟我提什么克露丽,那么你告诉我,这个克露丽是谁?家住何方?她是干什么的?妈妈,如果你继续这样无理取闹的话,我就要替你请心理医生了。你平时老是无端指责我,我忍了,可你现在却越来越离谱,居然把这个想象出来的什么克露丽和我扯到了一起!"

"难道这两封信是想象出来的吗?"希森特太太叫道,"还有珠宝和所谓的自杀!"她一边愤怒地叫道,一边在心里直叹:怎么我的儿子竟会变得像恐怖分子似的,在确凿的证据面前居然还这么守口如瓶?

情况还在急剧发展!

当晚,第三封信又出现在了希森特太太家的信箱里。

这第三封信是这样写的:

亲爱的伯蒂:

我用克露丽名字给你写的信,一定让你感到莫名其妙了吧?

记得你曾经向我说起过你的苦恼,你们家有人,是保姆还是别的什么人我记不清了,反正她或他总是喜欢偷偷拆阅你的私信。所以,无论这人是谁,我现在都想满足一下他或是她的好奇心,所以就特地给你寄去这几封信,还故意写上一些骇人听闻的字句。

嘿嘿,该不会给你带去什么大麻烦吧?

克罗维拉斯

克罗维拉斯?希森特太太知道,克罗维拉斯可是伯蒂的好朋友哇!她顿时惊呆了,回过神来后赶紧跑上楼去,再次敲响了伯蒂的房门："亲爱的,克罗维拉斯真是太无聊了,这些乱七八糟的信原来全是他瞎编的……"

希森特太太刚说到这里,伯蒂猛地把房门打开了。

希森特太太一看,伯蒂身上穿着外套,头上戴着帽子,她惊讶地问:"你……你这是要去哪里?"

伯蒂说:"妈妈,我想去为你请一个心理医生。是的,克罗维拉斯是太无聊,可任何正常的人,都不会轻易去相信什么珠宝呀、谋杀呀这一类胡话的! 刚才这短短几个小时,你差点把家里闹得天翻地覆。"

希森特太太眼泪汪汪地看着伯蒂,说:"但是……要怪就该怪克罗维拉斯的这些信呀!"

"可是妈妈,即使这样,你也应该相信我自己会对这些事情做出判断的。"伯蒂说,"你总是试图通过拆阅别人的信来满足自己的好奇心,这说明你真的心理有病。不行,我得替你请心理医生去。"

伯蒂说这番话的时候其实心里很明白,他必须抓住今天这个机会,母亲不会愿意将这件事情张扬出去,为此她会愿意付出一些代价。

果然,希森特太太终于答应儿子:"亲爱的,我以后再也不会私下拆你的信了。"

两个小伙子就这样用自己的智慧"教训"了希森特太太。

(邓　笛　编译)

(题图:安玉民)

www.ingramcontent.com/pod-product-compliance
Lightning Source LLC
Chambersburg PA
CBHW060828120626
46557CB00001B/420